皇家酒店

〔日〕樱木紫乃 著 李洁 译

新经典文化股份有限公司
www.readinglife.com
出 品

目录

1	第一章	最佳镜头
23	第二章	今日开业
51	第三章	情趣店
77	第四章	泡泡浴
99	第五章	老师
131	第六章	看星星
159	第七章	礼物

第一章 最佳镜头

四月,路边的植物开始染上绿意,一个月后便能盖过干枯的芦苇黄色的身影了吧。被雾气濡湿的灰扑扑的大街上,晚樱也开始绽放了。

加贺屋美幸透过车子的前窗看着一望无垠的天空。看似碧空如洗,却隐约有层薄雾,湿地另一侧的阿寒岳连轮廓都看不到。

一周没摄入碳水化合物,早就感觉不到饿了。用果冻和速效减肥餐填充的肚子饿得瘪瘪的,不再隆起。都快忘了咀嚼食物是什么感觉。

贵史握着方向盘在开车,离开公寓后,他已经一个人嘟嘟囔囔地说了十多分钟。

"是个大晴天呀,太棒了,是摄影的好天气!"

"等这事完了，你愿意吃什么就吃什么！"

从早晨开始，同样的话都听过三遍了，注意力也渐渐不再集中，美幸浑身发懒，不想再一句句回应他。随意附和了几句后，感到胸口沉甸甸的，仿佛有种沉重的东西代替食物填满了胃。

美幸从短期大学毕业后，就在新富超市工作，做了十三年的文员，这几年已经可以看出进货和利润的平衡点。社长颇为倚重美幸，她对卖场的情况和相关数字了如指掌，有关卖场的提案几乎与店长的提案一样受重视。虽然只是一介文员，但职业价值感近年来却得到了很大提升。

三年前，木内贵史被计时工居多的新富超市录用为正式职员。他是美幸的初中同学，曾作为冰球选手为当地的纸业公司效力，二十八岁时因右膝韧带损伤退役。之后，他做了两年市政府的临时雇员，但因为与上司脾气不合辞职了。

"在那地方，无论干什么都是小喽啰或者打杂。我可不愿意被那些家伙使唤来使唤去。"

不过最近，他连自己选择的超市配送司机的工作也开始牢骚满腹，说这份工作"没有意义"。

贵史说他一眼就认出了美幸是自己的初中同学，证据就是她右眉上那颗大约五毫米宽的黑黢黢的痣。

"因为它在你脸上最醒目。"

初次肌肤相亲时，男人说出了这句话。美幸还记得他的胸膛是那么厚实。他感慨离开冰场后肌肉少了一半，但拥抱女人的话，这副身材已经足够柔韧优美了。美幸已经不再对恋爱做无谓的梦，但触碰到留在男人身上的华丽伤痕，她还是很开心。

刚开始交往时，据说两个人的事甚至代替了茶水和点心，在休息室里受到热议，有段时间在计时工的更衣室里代代相传。不过当时的计时工现在只剩下了两个，闲言碎语早已过了保鲜期。美幸也不知不觉成了"新富"资历最老的正式职员。

一闲下来，便满脑子都是男人。最近常常记起两个人的第一晚，说不上是谁主动，应该说是你情我愿。美幸自己也大吃一惊，那天竟然那么自如地钻到了男人的身下，并且第一次听到了"受挫"这个词。

上初中时，贵史一站上冰球场，就摇身一变，成了缜密的中锋。他在教室里也常常是班级的领导者，经学校推荐升入了当地的私立北高，成为带领校队连续三年夺得全国冠军的"冰神"。

"生活中只有冰球的日子太遥远了。现在就算工作时经过冰场，也不会心烦意乱。"

在床上，贵史常常摩挲膝盖上手术后留下的疤痕。这条伤疤仿佛是通往山脊的小路一般，绕了膝盖半周，美幸把它视为连接自己和贵史的东西。盘踞在男人膝盖上的伤疤叫人心疼。

"当选手是没指望了，不过倒是还有当教练这条路。"

但贵史没有选择做教练，理由是只要站在冰场上，就怎么都感觉自己像条败家之犬。

受挫、败家之犬、希望、梦想——

谈话中夹杂的这些词，震动了美幸描绘的未来中那根纤细脆弱的轴心。她本想度过普通的一生便心满意足，但现在，仅仅是待在这个曾拥有辉煌时刻的男人身旁，便感觉自己也置身于那份辉煌之中了。

美幸望着一闪而逝的湿地风景，随后将目光移到了后排座位上。那儿放着贵史去年在年末大减价时买的整套数码单反相机，装在相机包里。这个男人几乎同冰球时代的友人全都断绝了来往，一到美幸的房间就埋头摆弄相机。每天都听他现学现卖，但美幸并不是特别讨厌这一点。一周前，贵史想拍裸体照片，对她说，给我当模特吧。

美幸忽然减肥，穿着不合时节的菱形图案的棉服，里面只穿了一条很透的衬裙，都是为了贵史的"拍摄"，因为他说不喜欢留有内衣痕迹的照片。

"希望你再瘦五公斤。"一周前，贵史提出了这个要求。

美幸身高一米五八，体重五十公斤。不知是不是体质好，她从没得过感冒，体检时也没查出过问题。最后虽然没减下五公斤，但一周内还是强行减了三公斤半。

贵史抱住美幸，使劲掐了掐美幸肚脐旁边的肉，说"这里要是再瘦些，我会更高兴"。美幸说不出拒绝的话，贵史在她不情不愿地点头允诺之后，垂下了眼角，一副释然的样子。

对美幸来说，这次的快速减肥，是迄今为止男人提出的请求中最辛苦的事。

车子沿湿地旁的国道右拐，穿过铁道口上了坡。沿着容易被误认为林间小路的砂石路行驶了一段后，道路渐渐平坦起来，分成两条。贵史转动方向盘，进入小道。很快，一栋旧建筑进入视野。路口有一个带箭头的牌子，周围被草覆盖，只能看到"皇家酒"几个字。在用褐色铁皮围成的院墙另一面，是一家陈旧的情人酒店，白色的墙皮几乎脱落了大半。

"我一直很憧憬在废墟里拍裸体照片。"

美幸看了一眼驾驶席，搞不懂现在是和谁在一起。贵史眼角低垂，好不得意。

"太棒了吧？我觉得只有这里合适哟。"

他说摄影地点一个月前就找好了。插在道边的牌子上有个黄色箭头指向入口。铁板做的牌子似乎被乌鸦啄得遍体鳞伤，布满坑坑洼洼的痕迹。店标的边缘全都向上翘得很厉害，蓝底上是一行带黄边的红字——"皇家酒店"。

贵史用力向左打方向盘，沿着高高的铁皮围墙拐了个S形，开进了酒店的地盘。S形的终点放着一个表示禁止入内的红白路锥。贵史轻轻咂了咂舌头，停车下去，将拳头大的石头和路锥踢开。美幸从前窗注视着他。

面朝建筑物，右手边的一隅貌似是办公室，窗子上全部钉着木板。那儿有六扇卷帘门，六个房间似乎都是一楼车库、二楼客房的格局。淡蓝的天空和橙色的屋檐愈发凸显出这栋建筑的庸俗。贵史把车停在围墙的阴影中，关掉引擎，从后排座位取出相机包背在肩上。

"下车啊！"

美幸的脑海中一片空白，回响着男人的催促。她点点头，从副驾驶座下了车。四月的冷风从棉服的衣襟钻进来，她蜷缩着身体走在杂草丛生的砂石路上，竭力让自己别扭到脚。贵史踢开围墙一侧的铁皮便门。视野豁然开朗。

贵史达打开楼门边说："锁一开始就是坏的。"这句像是借口的话的余音很快消散在楼内的尘埃中。温度计和燃料刻度盘映入眼帘，这里似乎是锅炉房。走进一扇门，只见三台大型双缸洗衣机上落满灰尘，木架子上横躺着一只死老鼠。

贵史来过一次，说着"不要紧"向楼里走去。窗子上钉着木板，昏暗得像阴天的薄暮时分。进了车库里侧的长走廊后，面前的情景依然如此。灭火器、裸露的管道，甚至连蜘蛛网上都覆盖着灰尘。每前进一步地板就吱呀作响。也许是因为地基下陷，走廊微微有些倾斜，走着走着让人有种眩晕的感觉。通往房间和车库的门交错排列，那是从未见过的鲜红的房门。

同一直延伸到走廊尽头的晾衣竿相反，客房门那刺眼的红色，看起来仿佛还在怀念这座小楼开门迎客的时光。

"这里。"贵史指的房间大致位于走廊中间，又陡又暗的楼梯上方，房门开着，阳光从门里洒进来。在台阶响了十八次后，他们爬上了二楼。

二楼的窗子没钉木板。美幸环视着尘埃飞舞的室内，不明白这个男人的心情为何如此之好。迷你冰箱的门开着，圆形的床保持着用过的样子，被子掀了起来，床单上满是褶皱。

若是将木板做的内窗关上，房间里便马上陷入一片漆黑。

走到房间里侧看向窗外，窗外是悬崖，再过去是一望无际的湿地。早春的景色横亘在窗外，像铺开了一条米黄色的绒毯。

这房间曾经无论清晨还是白天，都一直在演绎夜晚的景象。或许是因为这三者皆非的时间弥漫了太久，它仿佛已经疲惫得哪儿都回不去了。

"不错吧？这房间最有那种味道。"

他说另外五个房间都打扫过了，感觉只要拂去灰尘，马上就可以开门营业。

"主题是'废墟'的话，用那种房间做背景根本没意思吧？"

这个房间简直如同目睹了男女的悲惨下场，一旦沐浴在阳光下，便立刻破绽百出。红色的天鹅绒双人沙发上布满被香烟烧焦的痕迹。残留着使用过的感觉，便是贵史所说的好状态。

"很难有机会看到这种别人用过的房间吧？发现这儿的时候，我可兴奋了。"

"和自己用过的有什么不同？"

"那种房间太普通，多没劲啊。"

"照片上能看出区别来吗？"

贵史满脸是笑，说："能啊！我会拍得让人能看出来。"

他嘴角那抹清爽的笑，让美幸再也问不出其他问题。

她把大衣前襟压压紧。不知道这栋建筑停业多少年了。在自己和他身体重叠的时间里，"皇家酒店"也一直在腐朽吧。

一切都是景色，男人自鸣得意地说。

"拍景的话，人自然会浮现出来，因为人也是景物之一。"

黑底小碎花图案的壁纸，让人联想到新富超市服务台准备的包装纸。美幸拽了拽耷拉着的壁纸。纸撕裂的声音撼动了空气。霉味在四周弥漫开来。

"喂，脱衣服啊。"

美幸看了贵史一眼。他停下正准备器材的手，窥探着这边的情形。他压抑怒气时，鼻孔会习惯性地变大。

"喂，不脱大衣……"

句尾终究还是强行压抑住了，没有爆发。美幸想起"那种房间太普通，多没劲啊"，努力笑着说道：

"我不知道怎么做，你教我。"

男人表情一下子缓和下来，从相机包里取出一本书。

"我从小屁孩时代起，就一直除了滑冰没有别的爱好。但看到这本杂志时，可是狠狠地被震了一下。也许该叫热血沸腾？总之是时隔多年又找到了那种感动。"

美幸翻看着递到手里的摄影杂志。裸体照片的来稿竟刊登了几十页，乍一看以为是裸露下半身的特辑，却不尽然。翻开的一页上，成排的照片里没有一张打马赛克的。女人们有的用一只手遮住脸，有的不遮。一看就知道全是业余的，不懂如何用技巧隐藏虚荣心。她们只是学了模特的举手投足，便以为自己很像模特。

无论哪张照片都是赤裸裸的，同美幸心中的印象大相径庭。她内心浮现出艺人那些介于艺术和情色之间的照片。

"裸体照片就是这种感觉吗？"

她把"除了脸，不是全都露着吗？"这句话咽了回去。

"嗯。听说这些都是拍摄者的老婆或者女朋友。私房照人气很旺盛。我又有了新目标，感觉斗志昂扬呀。"

他直勾勾地注视着美幸，眼睛里似乎没有谎言。正因如此，美幸才不开心。听到他问"怎么样"，美幸老实地回答"不是很明白"。

"'不是很明白'算什么啊。这是属性明确的照片，别和网上流传的色情图片混为一谈。我的目标可不是那种照片。"

又要败给这个男人一本正经的眼神了。卷首也是业余人士的投稿："最佳镜头"。她看了看那张本月最佳照片。

照片上，女人笑着在繁华的大街正中央掀起裙子，里面没穿内裤。

"你好好看看啊,这也是经过编辑部认真评选才登出来的。本月的'这一张'很特别吧。只为了满足自我的话,那是外行人做的事。"

自从买了相机,贵史的笑脸上就找回了初中时的光芒。十三岁到十五岁的冬天,无论午休还是放学后,即使只有二十分钟的休息时间,他也会手拿冰球鞋奔向冰场。现在的贵史和那时一模一样。这个手里拿着征稿杂志的男人,脸上又有了与同伴一起汗流浃背地回到教室时的笑容。

"知道了。你说该怎么做吧,我试试。"

"把大衣脱了,到这边来。"

贵史闪身站到床边,拿相机的姿势感觉很夸张。见他招手,美幸便把脱下的大衣扔在双人沙发上。

她听从贵史的指示,走近乱七八糟的床。被子似乎也和床的形状差不多,是圆形的,都想不到哪儿能卖这种东西。压扁的枕头一侧排列着灯和床上装置的开关,全都沾满触摸留下的污渍,标识也脱落了。

美幸隔着圆床和贵史面对面站着。床尾的墙上镶着足有一张榻榻米大的镜子。另一侧是浴室。在汇集着微弱阳光的镜子上，水垢描绘出了精细的图案。

"啊，不错啊。"

贵史调整焦距，按下快门。突如其来的快门声让美幸手足无措。接着又响了三声。

"这房间果然很适合你。知道能从锅炉房进来的时候，我马上就想到了你的脸。"

"适合是什么意思？"

"总觉得经营者是不是在什么地方上吊了。"

美幸按照男人说的，在壁纸剥落的地方高高举起右手，再将身体倚在上面。快门声响了两下。她又拉下衬裙一边的肩带，把右脚搭在床上。快门声又响了三下。

或许能从裙摆看到光裸的大腿内侧。

"脸再朝这边来一点！"

"你不是说不露脸吗？"

贵史没回答。那些照片中的女人，有的眼部加了黑杠，也有的露着整张脸。

右侧眉毛上的黑痣——美幸不禁停止了摆姿势。快门声也停下了。

"不要紧，不要紧。我会把你的眼睛全遮住的。放心吧。

不好意思，拍得太投入了。"

按他的要求，美幸这回端正地跪在了没整理的床上，把衬裙掀到腹部。快门声很响。他说快门的音量可以调节，但不打算调低声音。

"声音不大的话，不就没那种感觉了嘛。"

接下来，贵史命令美幸随意地躺在床上，头向后仰。被子上的灰尘在脸边轻舞，带着没有闻过的味道。她尽量不去想双腿另一侧的男人，却做不到。在美幸忍耐着尘埃和味道的时候，贵史嘴里一直重复着"不错啊，不错啊"。

"能不能背朝这边，四肢着地趴着。腿再分开些。"

美幸顺从的身体不动了，脑海中浮现出自己像他说的那样四肢着地趴着的样子，终于说出了"不愿意"。加速行进的时间骤然停止，美幸怯怯地瞄了一眼男人的表情。她少女时代的英雄脖子上挂着相机，一脸的欲哭无泪。

"对不起。我……没办法像预想的那样开心。"

尘埃似乎有一瞬间静止不动，接着再次闪耀着飞舞起来。男人跪在床上，轻轻握住美幸的右手。

"这是我好不容易找到的目标。我要从这里再次出发，不想再受挫了。听说专业人士也会关注那本杂志，有才能的家伙马上就能得到机会。我想再做一次梦。让我拍吧，求你了！"

"受挫"。今天也听到了这个词。每次听到，美幸都仿佛被戳中了弱点一般动弹不得。无论是两个人一起吃饭、喝酒，还是身体交缠着迎来清晨，这个男人在聊完自己的事后，一定会说到"受挫"。

美幸蓦地涌上一个想法：沉浸在受挫这个词里的人，难道不是自己吗？回首与贵史相遇前毫无波澜的过往，历经漫长的时间被吸到深渊尽头的不正是自己吗？

这个男人，并没有像他所说的那样背负着过去的伤痛吧？

淡淡的疑问浮上来，不久，快门声又落在了身上。小小的液晶屏幕里没有那个男人，镜头中只有美幸自己。

美幸倾尽全力笑了。快门声响起。她脱掉衬裙，跪着大笑起来。可笑的理由过后再考虑，总之现在要笑。至于笑什么，还不知道。

美幸听到自己笑个不停。贵史脖子上挂着相机，闯进她的身体。她害怕相机在脸边晃动，于是用双手按住它。压在床单上的后背感觉瘙痒难耐。她想要逃，但男人拼命地把两具身体连在一起，美幸的身子瘫软下来。

四月的阳光从窗子洒进来，照在抬起身的男人白白的肚皮上。贵史从美幸手中取下相机,再次注视着镜头。相机对准两个人相连的部分,响起的快门声不计其数。

几分钟后,从美幸的身体里抽出的欲望上闪耀着阳光。在明亮的地方看到那东西,形状惊人地滑稽。她身上开着的洞形状也相同吧。美幸再次强颜欢笑,笑脸随即变成数据,被收进了小盒子。刚才还欲哭无泪的男人也一同笑了。

"光着身子笑,感觉好淫荡呀!"

从窗子洒进来的阳光移到了房间里侧,落在冰箱上。相机对准了美幸的视线所及之处。

"啊,正好。坐那上面摆个你喜欢的姿势。"

他从床上起身,拉上了牛仔裤的拉链。

美幸拂去冰箱上的灰尘,轻轻坐下。想不出喜欢的姿势,她等待着准备好相机看着这边的男人给出指令。

"叉开腿,胳膊肘放在膝盖上,手托着腮。"

为避免小腹松弛,她屏住呼吸,照男人说的摆好姿势。快门声恢复了活力。先是右肘,接下来是左肘。被剪切下来的现在,将沉积的过去不断击溃。

美幸觉得,无论男人现在再说什么意气风发的词儿,他所说的"受挫"也不会变成别的东西重见天日,因此才需要语言吧。

贵史所说的"梦想与希望",同在废墟里闪耀的灰尘一模一样。时而飞舞,时而又落回原地;既无法从这里出去,也没有机会被拂拭干净。

"把肚脐贴在那有阳光的地方,能不能像尸体那样躺着?"

美幸从冰箱上下来,横卧在潮湿的地板上,腹部贴着阳光。不知是不是对这个姿势不满意,贵史走了过来。美幸这时才发现他一直穿着鞋子。

那是两人开始交往那一年的圣诞节,美幸送给他的礼物,是大品牌的休闲鞋。精心擦过的皮革上落了一层灰尘。

"喂,我不是说像尸体那样躺着吗?你好好做!"

"怎么可能,我活着呢。"

"是'像'呀。你严肃点,我很认真的。"

这种照片如果真的登在杂志上,自己究竟会怎么样呢?不安从腹部逐渐蔓延到了胸口。

"你再敬业些!"

对谁敬什么业?美幸沉默不语。男人又说:"我保证不用这种照片投稿,你来点刺激的姿势。"

美幸冲着镜头,卖弄风情般探出腰。镜头的边边角角似乎都照不到脸了。在男人一刻不停地拍着的那道缝隙中,有一个无论多么焦急都无法填满的空洞。美幸想知道那里藏着什么，把自己的指尖沉入其中。

所有的声音都消失了。男人的喉结上上下下。空洞仅仅是忠实地按照男人欲望的形状，向内延伸。

美幸闭上眼睛，想象着征稿专栏全部被自己的照片填满。她似乎笑着，把过剩的自我、展示欲和扭曲的虚荣心全部塞进了缝隙里的空洞。

她轻轻睁开眼睛。男人移开了视线。

"能登好多张就好了。"

"嗯，要让我的照片把投稿版面全填满。"

我的照片，这句话在耳朵深处重复了好多次。我的裸体。我的照片。

"啊，你那表情不错呀。"

"感觉你很像专业摄影师。"

"说什么呢！"

男人一副喜形于色的表情。快门声又一次搅乱了空气。他们成了两个灰头土脸的"半专业人士"。

连续按了大概三十分钟快门后，贵史换上了刚到达这里时那种笑容，开始收拾相机。照在美幸腹部的阳光也已移走，不知何时照到了地板的污渍和破洞上。

他们以参观之名,还去另外五个房间看了看。每个房间都格局相同,不同的只有壁纸和床的形状。有的有电视,有的没有,洗脸台有的也裂了。不知道酒店的时间是何时停止的,但每个房间都不再等人入住了。

只有贵史选择的房间明显留有别人用过的不洁之感。他们来到走廊上,走过淤积着时间和空气的三号房间。

来到洗衣房和锅炉房后,终于接触到了新鲜的空气。深呼吸,长长地吐气,然后再重复一次。但无论吸入多少空气,吐出来的量都不一样。贵史把相机包放到后排座位上,发动了车。

美幸看了看办公室钉着木板的窗子,感觉那些曾在这里来来往往的客人和住户正看着自己。看久了,她仿佛要从透过木板缝隙窥视这边的视线里寻找自己,赶忙上了车。

两人穿过 S 形的入口,贵史将红白路锥仔细放回原处,再次用拳头大小的石头固定住。回到天空下,刚才发生的事恍若梦境。美幸用力闭上眼睛,隔了几秒钟再睁开。

她冲着手握方向盘的男人的侧脸问:

"喂,为什么必须是那个房间?"

"等会儿再说!"

贵史差点因为砂石打滑,冲着前窗吼了一声。但车开稳后,他并没有回答美幸的问题。

在男人的心里,废墟的印象是如何同美幸连在一起的呢?无论这是有意还是无意的,都无法指责他。只是,既然两个人相互填补了彼此的空洞,美幸便希望贵史能更珍惜她,这难道是奢望吗?

两条岔路变成了一条。树叶缝隙间透出的阳光,在砂石路上投下一个个光的孔洞。天空的蓝色浓了几分。车比来时更快地驶向国道。美幸脚底是脏的,全身发痒。言语从她的唇间无意识地滑落下来。

"真的会登出来吗?"

"哎,什么?你说什么了吗?"

美幸慌忙摇摇头。贵史同来的时候相比,话少得可怜。美幸感觉自己体内的空洞在不断膨胀。她用指尖按住开始作痛的太阳穴。

下了国道后,贵史马上用明朗的语气说:

"那个啊,我觉得差不多该去彼此的父母家拜访一下了,怎么样?"

她不知道该如何回答。仿佛被毛刷拂过身体一般，寒战从脚下向上攀爬，皮肤的颤抖蔓延到了全身。

美幸惊讶于一直以来绝口不提要见父母的男人，却在今天说出了这番话。他的话就像今天的阳光一般在远处缭绕。美幸试图克制住颤抖，双臂交叉紧紧抱住自己。只有自己能保护这个身体。假如贵史不是在今天提到将来……至少等到明天、后天，或者再过些日子，又或者是去皇家酒店之前的话……

车窗外，褪色的芦苇荡渐渐远去，被蜿蜒的河流一分为二。

"怎么了，冷吗？"

感觉哪怕只说出一句话，一切的一切都会变得龃龉不合，所以美幸只是摇了摇头。

"快点换身衣服，去吃拉面吧。"

男人的声音，听起来仿佛是河对岸传来的呢喃细语。

第二章 今日开业

设乐干子从九楼的窗子俯瞰钏路川。车站前还残留着昭和年代气息的大街衰败已久。在渔业还生机勃勃、煤矿势头不减的时代，购物区和娱乐区都没有这样向郊外扩散。填埋湿地建造的新兴住宅区就像和土地价格上涨较劲一般不断扩张。映入眼帘的大道上难觅人迹。

　　七月的太阳开始向海那边倾斜。阳光下的河面波光粼粼。干子拉上遮光帘，向右转过身子。双人房正中央站着一个男人，那是佐野敏夫，干子的丈夫任第二代住持的观乐寺的檀家①。

---

①日本的寺院多为家族继承制，僧侣可以娶妻，妻子称为大黑。寺院与信徒间奉行檀家制度，檀家即隶属于特定寺院，布施金钱供其维持经营的信徒家族。檀家会在寺中寄放家族死者名簿及骨灰，依时节在寺中参与法事，该寺称为这个家族的檀那寺，亦称菩提寺。通常一家寺院会由多个檀家供养，其代表被称为檀家总代。

男人从冰箱里取出一罐啤酒，问："来点吗？"

"佐野先生，您喝吗？"

"不稍微喝点的话……"

他客气的目光不断游移，没有直视干子。他父亲曾是观乐寺的檀家，今年春天亡故后，五十岁的佐野继承了家业。他父亲创建的水产公司与当年小城渔业产量傲居日本之首时相比，规模仅剩一半，但依旧算得上一家优秀企业。佐野敏夫的头衔从专务变为了社长，同时他也成了菩提寺——即观乐寺的新任檀家总代。

干子翻过两只倒扣在冰箱上的杯子。不能有差池。今天是关系到佐野水产日后是否继续供养寺院的重要日子。接触到外面的空气，啤酒罐上凝结了一层水珠。她拉开拉环，将啤酒倒进杯里，然后小心翼翼地弄出泡沫，把其中一杯递给佐野。

河岸边的这家商务酒店有小时房，还有些客人是冲着最顶层的大浴场来的，因此干子进入这栋楼并不觉得别扭。不去情人酒店，去河岸边的商务酒店吧，佐野是如此提议的。

佐野将杯中的啤酒一饮而尽，自己倒了第二杯，在靠窗的床边坐下。

"从父亲那儿听说这件事的时候，说实话，简直难以置信。

檀家的工作之一竟然是……"

佐野把后面的话咽了回去。干子拿着杯子微微低头致意。她明白男人咽回去的话。

竟然要和住持的老婆发生关系——

那话或许更露骨。男人貌似疲倦地摇摇头，问：

"你来寺里之前，做什么工作来着？"

"助理护士。"

佐野只是"啊"了一声，点了点头，似乎不怎么需要回应。

观乐寺是靠着檀家的布施和捐款勉强维持下来的。初代住持去世后，这十年间如果不是檀家们帮扶，只靠丈夫西教一个人，寺院很难维持至今。提议干子拿出一点时间侍奉檀家的不是别人，正是眼前这位手足无措喝啤酒的男人的父亲。

佐野敏夫从父亲那里继承了"檀家"和"女人"，最初十分踌躇，但过完七七后还是打来了电话。那时干子正为寺院失去一位后盾心烦意乱，所以很感谢佐野的父亲能留下话，告诉儿子他同寺院的关系。

喝掉一半啤酒的杯子放在了冰箱上。空调设备极佳，房间里十分静谧。这里与以前去过的市里的情人酒店不同，闻不到熏人的男女味道。

干子对选择这种地方的佐野敏夫颇有好感，同时开始在意自己穿着平时的肤色内衣来这里。对于干子来说，服侍檀家和照顾病人区别不大，所以从没在意过内衣是否性感。况且她只有"侍奉"之心，不曾对度过的时间有所期待。

"承蒙令尊多方照拂，得以续缘，不胜感激。"

佐野叹了口气，说了句"糟糕"。但他承诺会遵照父亲的遗言，每月和干子见一次面。干子认为男人是在同第一次的尴尬斗争，于是在隔了一人远的地方坐下来。

她感觉佐野的身体僵住了。

"麻烦您了。"

男人深深叹了口气，站起身脱了上衣。

寺院要想维持下去，檀家的供养不可或缺。寺院是檀家的，住持和大黑是作为檀家先祖的守护者居住在这里。西教的父亲在这里开设寺院，原本也是受战后漂泊到小镇上的男人们所托。

从内地早早迁来的寺院，各种仪式的排场都太大，战后的淘金者们少有机会学习殡葬祭祀，所以很不适应。他们觉得倒不如找间寺院，委托给一个普通和尚。于是观乐寺诞生了，并维持至今。

简化葬礼和供奉,葬礼当天即可提前做完七七的法事,这些都是诞生于这块土地上的价值观。如今,却是这种简化的仪式让寺院命悬一线。初代住持去世后,檀家们也逐渐上了年纪。

干子会和相差二十岁的僧侣结婚,不仅仅是因为初代住持的恳求,更大的原因来自她自己。她没有父母兄弟,对无依无靠的生活感到很不安。这是第一次有人向她提亲,她觉得或许也是最后一次。西教五十岁,干子三十岁。观乐寺的住持在儿子西教娶妻那年的除夕夜,刚撞完驱逐烦恼的一百零八声钟,脑部的一根粗血管便破裂了。

初代住持的周年忌之后,檀家们纷纷离开。故人忌辰时有事的家庭越来越多,不需要扫墓的电话接连打来。因为没有时间供奉,也有人把骨灰从骨灰堂取走。即便轻视先祖,生活也不会有多大变化。人们会这样想,也是这座寺庙的佛事没有历史招致的后果。如此下去,寺院的存续堪忧,于是干子去找总代佐野商量。

"西教做了住持后,不能说靠不住,但今后会艰难一些吧。怎么样,干子,如今要不要权当帮寺院一把,尽点力?"

佐野的父亲说,这是为了寺院。

"我们这些老头子家道也并非多么好。白捐钱的话，心里总感觉不痛快呀。抛弃了父母兄弟的人，有时候不明白该珍惜什么。我们都是白手起家过来的。"

佐野父亲的话有种让干子点头应允的力量。丈夫很可怜，父亲骤然亡故，还没做好心理准备，便被迫接手寺院。经济上陷入窘境后，干子才第一次找到了辞去助理护士工作，当上寺院大黑的理由。侍奉老人，对干子来说和护理是一样的。

下午五点，干子回到了寺院正殿，体内还残留着沉沉的慵懒。西教似乎不在家，大概又是附近的老人有事找他商量吧。或是抱怨儿媳，或是对上年纪感到不安，又或是极乐世界是否存在这样的难题。想维系寺院，与人的牵绊很重要，所以越是小寺院，住持越忙。

干子从手提的布包里取出牛皮纸信封，里面装着佐野敏夫给的钱。有三万日元，听说是相关的四位檀家共同商定的金额，十年以来都没有变化。小镇的经济也是如此，从佐野亡故的父亲到剩下的檀家，还有干子自己，大家都老了。感觉这不变的金额，是他们确实珍惜寺院的证明。

南无阿弥陀佛。

干子向和自己一般高的主佛双手合十。佛像本来是金色的，虽然处处金箔脱落，但今天依旧带着和蔼可亲的笑容。她上了两级台阶，走近佛座，让掌中夹着的牛皮纸信封滑落到佛像的脚边。侍奉之日，她总是把"布施"寄放在这里。这是第一次事后，佐野的父亲教给千子的。

"你把这个放在主佛的脚边。这是千子你献身所得的善款，也是佛为了寺院要用的钱。"

千子从安放主佛的地方下来，再次双手合十。这时，自己中学毕业前栖身的孤儿院总萦绕在脑海里。那时，初代住持每月会来讲一次佛法。他说过纯洁的心灵里栖息着美丽的灵魂。千子从小就知道自己的容姿连中等都算不上。男孩也好，女孩也好，都是相貌可爱的孩子先被领养。

有人悄悄告诉千子，这回的养父母提出的条件，她全都吻合。但到了最后的最后，养父母却比较起了旁边的孩子和千子的容貌。

千子在讲法结束后去找住持谈过，说至少希望灵魂可以更美丽。住持说："那就要为佛祖尽心竭力。容貌多会和心灵之美背道而驰。"

中学毕业后，千子做了助理护士，同住院检查的初代住持再次相遇，想起了"容貌多会和心灵之美背道而驰"这句话。

眼瞅着就要三十岁，她更不明白让人看到心灵之美要花多少时间。学会了在敞开心扉前先打开身体后，愈加不懂人心在何处了。

"年龄多少有些差距，不过请嫁给犬子。"

倘若初代住持没有这样说的话……同住持再次相遇时也是，干子刚被品行恶劣的男人骗光存款（这也只能看作某种慈悲），只剩下了工作。

"虽然他不太机灵，但我相信你一定能跟他和睦相处。能不能先见一面？"

虽说是僧侣，但那人如果多多少少在乎外表的话，日后不会安生吧。出于这种考虑，干子只搽了一点唇膏，便出了门。单眼皮，稀疏的眉毛，鹰钩鼻左边生着一个瘊子，再加上满脸的痘痕。要是不同意，就干脆点说不同意好了。她带着这种心情同设乐西教见了面。

"你觉得可以的话，今后就请多关照了。"

仿佛大失所望的话语掠过耳畔。干子对男人不曾有过什么美好回忆，回过神来，她已经把这些经历对西教讲了一遍。这样也无所谓吗？但西教只是静静听着。

"西教先生，我对相貌也有自知之明。要不是住持提出这件事，我也不会来见您。"

再穷追不舍下去，自己只会更悲惨吧。干子刚想到这儿，就听见西教用平静的声音说：

"你很像我们观乐寺的佛像。父亲也是这么说的。"

后来，同妻子早逝的初代住持和他的儿子设乐西教一起仰望佛像时，干子心想"一点都不像嘛"。只有那金箔脱落的面颊，看起来很像自己满是痘痕的皮肤。

她接受请求，嫁为人妻。听说自己会有"大黑"的头衔时，还觉得虽然只是间穷寺庙的继承人，但也不错嘛。这样就能从连护士资格都没有的无依无靠的孤身生活中逃出来。今后暂且不会再有男人来骗自己，也不必难为无米之炊。对她来说，同西教结婚是通往幸福的捷径，是安全而牢靠的幸福。虽是陋室，但也算有了安身之所，她对此唯有感谢，没有抱怨。

西教相貌出众，干子以前遇到的男人都无法与他相比。但他作为男人，却无能为力。

干子早早便想通了，从今往后不能再碰男人，就"权当做了尼姑"。她好不容易可以用大黑这个身份，来掩饰她身为女人的自卑。

厨房的洗菜桶里装满了水，里面泡着间苗时拔下来的萝卜缨。干子切着萝卜缨,一份份分开,有用来做酱汤的,有要拌芝麻酱的,有可以焯水凉拌的。冰箱里有西红柿。再做个厚蛋烧,加上炖油豆腐就够了吧。

手浸在冷水里,倦怠的腰部再次热了起来。干子差点没拿住西红柿,她思索着佐野家现在是何种情景呢?那个男人有位比他小三岁的妻子,长子已经上大学了,长女还在读高中。听说养了条贵宾犬。

她对为了得到布施去见的檀家浮想联翩,这还是第一次。

佐野说了好几次"糟糕",分手时还喃喃地说:"为什么会答应这种事呢?"干子将这些理解为男人没满意,要是他和其他檀家一样,提出与布施数额相应的要求就好了。下次一定这么告诉他。本来就是第一次经历侍奉对象的更替。希望那句"糟糕"不是针对自己的容貌。干子想着这些,把西红柿放到沥水篮里。

洗菜水的寒意从肘部传到双臂,又从胸口传到腹部。这寒冷不久到达了干子的身体深处,像棉花绽放般砰地炸开了。

西教从厨房旁的便门回来了。

"我回来了,干子。"

"你回来啦,现在正准备晚饭,马上就好。"

干子看了看表。每天六点半吃晚饭，肯定来得及。西教喜欢吃的都是不费事的东西。为了模仿已故的母亲做出的味道，他让干子花了大概一年时间练习做厚蛋烧，除此之外，他对饭菜并没有别的要求。

"后边的老爷子要去养老院了，为这事找我商量。现在什么都是钱啊。"

"商量这个啊。"

"嗯。说自己进了那种地方，儿子儿媳不会被外人说闲话吗。他似乎很在意的样子。"

"您是怎么回答的呢？"

西教站在正在洗菜的干子旁边，挠着那已经不用再剃的光头，喃喃地说："这个嘛……有时候说出来，情绪就能得到释放啊。"

干子点点头。老人们总是用一副担心家人的口吻，非常巧妙地把不满变成商量。比起担心儿子儿媳受到世间的指责，后边的老爷子其实更在意无法按照自己的心意度过晚年。

"到死都能做个好人，也是佛祖赋予他的功德。"

上代住持的话原封不动地脱口而出，结果西教朝房间那边扭过了身子。干子分明见过许多檀家将上代住持和西教比来比去，懊悔自己实在不够细心。

两人之间的沉默持续了数秒，被电话解救了，西教拿起听筒。似乎是有人要举办葬礼。干子赶忙递过用报纸里夹的广告做成的便笺和圆珠笔。叫西教去的多是殡葬公司操办的葬礼中最便宜的。西教说，都是些连法号也不需要、只要依照形式诵经就行的葬礼。

干子回到厨房，切着西红柿听西教接电话。守夜是明晚，那么今晚必须准备好僧衣。她稍稍加快了做晚饭的速度。

六点半，安静的晚饭准时开始了。感觉厚蛋烧的味道似乎比平时重些。放进嘴里的瞬间，白天的事掠过脑海。干子不可思议地追随着那情景。不知对檀家们敞开过多少次的身体，似乎以今天为界缩小了一圈。

为什么穿着和平时一样的内衣就出门了呢？

明明从一早起就在担心檀家换代后，对方是否还会继续让自己侍奉。干子责怪自己思虑不周。

"干子，怎么了？"

干子拿筷子的手似乎停下了。她想看西教的眼睛，但视线却抬不起来。

"怎么了？"

"僧衣，"她低声说着，谎言轻盈地滑落，"忘记换僧衣的衣领了，对不起。"

西教"嗯"了一声，去夹西红柿。他用筷子夹起薄薄的西红柿片，上面滴着酱油。以前从没问过为什么要在西红柿上淋酱油。用芝麻酱拌的凉菜旁边是蛋黄酱，酱汤里有海苔拌饭料，焯过水的萝卜缨上撒着花椒，每一样东西，干子在嫁给西教前都没见过。她蓦地想到，丈夫对味道不挑剔，是不是归功于这些香辛料和调味品呢？

这一晚，干子难以入眠。并不是因为就寝前做了针线活儿，而是一闭上眼睛，白天发生的事就在全身重演起来。客气的指尖滑进身体。愁人——

做卧室用的六叠大小的和室里，开始充斥着西教呼出的气息。不知从何处飘来发霉的味道，还有墙壁上浸染的焚香的气味。平时明明还没等注意到这些就睡着了。干子被西教渐渐充满房间的气息和浸染了整个寺院的味道包围着，害怕会这样无眠地迎来清晨。

时间即将跨入第二天时，佐野说的那句"糟糕"从纷乱如麻的心口落到了肚脐那儿。

糟糕。

干子也和佐野一样"糟糕"了。今天发生的事不属于侍奉，而是快乐。佐野衣着考究，言谈举止彬彬有礼，尽管有些为难，却平平常常地抱住了干子。和一直以来按老人们的要求所做的事情不同，今天她"像平平常常的女人一般"被男人拥入怀中。这不是大黑的工作。

西教开始轻轻打鼾。佐野的声音渐渐远去，干子腹部深处残留的记忆再次火热起来。从以前的四位檀家身上从未感觉到的余韵，积存在了那里。

第二天早晨清扫正殿时，干子轻轻用布拂拭佛像的脚后跟。

装着布施的信封消失了，干子的心中深深地感到释然。她被原谅了。

每月第三个周三，从下午两点起的两个小时，是属于青山文治的。白天郊外的情人酒店，散发着同贫寒寺院相似的味道。

青山文治是一家建筑公司的社长，近几年生意规模一直在缩小，仅能维持。这一年里，每次见面他都会重复相同的话，说和从前不同，大型项目都涉及外资，太危险了。干子也知道地方上的小建筑公司不可能有涉及外资的项目找上门，却只是默默听着。

"干子呀，能听我讲件很过分的事吗？"

"好，什么事啊？"

青山坐在床边，干子端正地跪在床畔，隔着内裤抚摸他的大腿根和两腿中间的地方。有时候整整一个小时都这么做，也有时直接抚摸那里。青山说这样就够了。她一边抚摸着青山的胯间，一边听他说些日常的琐事或牢骚。

"山那边的'皇家酒店'，你知道吗？"

"嗯。以前那附近有片墓地吧。"

青山说那家酒店现在已经成了废墟。他的身体飘散出老人的味道，给废墟这个词赋予了奇妙的现实意义。

"最近，那儿的老板死了。"

青山那一点点找回了硬芯的东西又松懈下来。干子试图让青山打起精神，将指尖滑进内裤里。她的手触碰着愚蠢的欲望的残骸。

听到皇家酒店，干子想起了和西教结婚前几乎身无分文的日子。

那个男人得了阑尾炎，被送到自己工作的医院急救，那晚恰好是自己在急诊室值夜班。两个人约好出院后在医院外见面。他说过好多次"喜欢你"、"爱你"，却绝不叫干子去自己家。

交往四个月后,男人哭诉说想结婚,但欠了一大笔债,这样下去结不了婚。而干子手头的存款正和让男人为难的欠债数额相差无几。她注视着男人的眼睛,心里清楚要拿出这笔钱,就必须义无反顾。男人湿润的睫毛触碰着干子的面颊,一把将她拽进快乐的巢穴。

当干子提出想见见债主时,男人心里的剧本就已经完成一大半了吧。他说那个人不愿在大庭广众下见面,所以把干子带去了建在高岗上、能俯瞰湿地的皇家酒店。

那是三百万现金。干子下定决心,把现金放进挎包的最底层,坐上了男人的车。他坐在驾驶席上说:"好好商量的话,也许能变成两百万。"

皇家酒店的一楼是车库,二楼是客房。外观如同城堡,白色的墙壁加上橙色的屋檐,十分花哨,踏入房间后却不明白这里究竟是日式还是西式。构成这里的一切仿佛都是不知从哪儿收集来的多余之物。这是一座缺乏统一的建筑。

"再等会儿,大人物就来了。"男人说,但干子不明白男人说的"大人物"是什么意思。他没向干子求欢,嘴里不断在道歉,这让她有些失落。喝了他劝的啤酒后,干子数着壁纸上的小花,睡意忽然袭来。她的记忆到此为止。

干子醒来时，男人和钱都从房间里消失了。比起被男人欺骗，她更为钱包里留有一晚的房费和打车钱心烦意乱。干子看着钱包里勉强能回到公寓的钱，心想自己如果有中上之姿，大约就不会只剩这点钱了吧。可要是有那样的姿色，也不会被骗了。她感觉自己无比悲哀。

正在烦恼要不要报警之际，她遇到了初代住持。

青山长长叹了口气，假牙散发出腐烂的异味。干子猛地回过神来。

"那家社长的临终遗言让人哭笑不得啊。"

"是什么？"

"是'今日开业'。再怎么笨，临死前通常也会这个那个的，交代很多事吧。但是，那男人真是个一等一的傻瓜，临死前啪地睁开眼睛说'今日开业'，然后一下就咽了气。"

青山呼出的气息在周围飘荡。上一位客人留下的味道与情人酒店里潮湿的空气混成一团凝滞不散的异味。老人的欲望瞬间有了硬芯，马上又松懈了。青山似乎这样就心满意足了。

出了酒店，在距离寺院大概五百米的一条不起眼的路上，青山停下车。这天干子接过来的信封有两个。问了下缘由，青山把后排座位上的紫色包裹放到坐在副驾驶座的干子腿上。包裹二十厘米见方，高度似乎也一样。

"这是刚才说的皇家酒店的……"

青山没有说下去，视线从干子身上移到了方向盘上。

"他的骨灰吗？"

她把"怎么会"这句话咽了回去。一个信封据说是一如既往的"布施"，另一个则说希望用在这骨灰上。

"我去火葬场捡遗骨了。那真是过分，谁都不用筷子递，像扔垃圾似的砰砰扔进骨灰盒里。他前妻一直在护理他，但最后却说不要骨灰。"

据说他前妻正是因为酒店开业才和他离的婚。最终，骨灰盒由曾劝逝者经营情人酒店的青山保管，可他又不能拿回家，就在车里放了一段时间。

"成了骨灰，竟然无处可去，太过分了。你不觉得这很残酷吗？"

腿上的遗骨仿佛就是人一生的重量。干子将双手轻轻放在上面。青山给的金钱对寺院来说也是解救，不过比起钱，更重要的是西教不会拒绝这样的孤魂。

"知道了。就放我们寺里供奉吧。"

干子收下遗骨，回到寺里。她不是从小门，而是从面对正殿的玄关进去，一如既往地把"布施"放到了佛像的脚后跟处，然后转身去了骨灰堂。在骨灰堂打开包裹上系的结，里面放着一张写有"田中大吉"的便笺。这是连法号都没有的亡魂。

就因为临终之际留下"今日开业"这句话，竟连骨灰都无人认领。逝者也没想过自己临终会留下那种话吧。都变得这么轻了，仍然被人抛弃。听完前因后果，感觉骨灰更轻了。干子打开骨灰堂最边上空着的一扇门，暂且把骨灰盒放进去。

正殿的拉门传来声响，西教来了。

"怎么了？"

她笑得很不自然。必须告诉他收下的遗骨是受青山之托，却不知道从哪里开始解释。西教既不问，也不试探，浮现出一如既往的微笑，站在干子面前。

"有人寄存骨灰。"

"哪位的骨灰啊？"

"檀家青山送到寺院前的。"

这几乎不算是回答。西教边点头边听干子解释。无论运用多么巧妙的言辞，要隐瞒的都太多了，说不清楚。既要瞒住之前做了什么，又要解释这件事，她实在力不从心。

虽然无法解释为什么会在寺院前同青山偶遇，为什么没立刻喊西教过去，青山又为什么没跟住持打招呼，就把骨灰盒放下走了，但干子已经倾尽全力了。西教的眉头深深皱起，侧首点头，面颊上浮现出大慈大悲的气息。

"他说赶时间，我觉得放在寺里供奉也未尝不可，就自作主张收下了。对不起。"

"不，你说得对，应该收下。灵位离正殿再近些吧？位置还空着好多呢，别放在那种角落里，给他放到更舒服些，也更好祭祀的地方吧。"

干子依丈夫所说，将田中大吉的骨灰移到了距离正殿最近的地方。在干子清洁灵位的时候，西教备好了长明灯和香。勉强能擦肩而过的狭小过道两旁，是一排排灵位。初代住持在世时，那些位置全满着，但现在只有大约一半放着灵位，其中又有大半一年都不知道有没有人来祭拜一次。

薄薄的铁门让骨灰堂愈加冰冷，这儿飘荡着寺院里最潮湿的空气。在干子收下后一个小时左右，田中大吉的骨灰便结束了供奉。

干子将青山给的一个信封放到了骨灰盒旁边。西教诵经后拿起信封，看到这一幕，干子双手合十。

进了八月，就是个大晴天。

一个月过去，又轮到去见佐野了。盂兰盆节前，观乐寺和檀家们都十分忙碌，各自为盂兰盆节的休假而努力工作。墓园也开始有人预约前来祭扫。

佐野这次指定的约会地点，依旧是河岸边靠近娱乐街的商务酒店。今天干子穿上了从超市角落的廉价服饰店买的黑色胸罩和内裤。仅仅这样，对她来说就算做好了心理准备。

干子耳朵深处依然留着那句"糟糕"，过去一个月了都没法忘记。她挂开虚掩的门，进了指定的房间。佐野冲过澡穿着浴袍正在等。午后的阳光照进室内，明亮得几乎让干子胆怯。

"今天也请多关照。"她双手合十致意。

商务酒店的双人间冲淡了两个人待在这里的目的，只是还高悬在空中的太阳叫人觉得心虚。光芒刺眼。干子再怎么修整眉毛，涂上口红，姿色也逊人一筹，这个男人一直在用冷静的目光审视她吧。面对六七十岁甚或更老的檀家，仅凭年轻便会给姿容增色几分，但在只差十余岁的人面前，恐怕就原形毕露、无所遁形了。

她问佐野喝不喝啤酒。佐野说，傍晚要去别的地方工作。

"所以开车来的。抱歉，这么不识趣。"

"没有，谢谢您这么忙还过来。"

低头行礼后，接下来便是侍奉的时间了。干子决定一心不乱，按佐野说的做就好。然而失算的既不是干子洗完澡回来时男人已经上床了，也不是房间比预想的更明亮。

上个月，佐野还散发着对女人很不习惯的气息，但这次（甚至让人怀疑这才是他的本来面目）却轻易就抱住了干子。

"这里不要紧吗？不喜欢的话告诉我。"

"没关系的，请。"

在佐野的言语和手臂下展开的身体让人厌恶。即便不情愿，干子也必须意识到这根本不是侍奉。

老人们只会用沙哑的声音诉说烦恼，干子就这样侍奉了十年。对她来说，佐野的冷静格外恐怖。然而接纳的部分一用力，他的动作便停下了。发现多少能为佐野增添几分快乐，干子有意识地在腰部用上了劲儿。

一切都结束时，干子脑中那句"糟糕"已经消失了。

整理完衣服后，佐野从上衣口袋里拿出写有"布施"的信封，微微扬了扬一片嘴唇。

"给。"

动作比上一次还要粗鲁。干子心中的水面失去了一直以来保持安定的水位，荡起了波澜。她忽然想起西教那慈悲的眼神。波澜渐渐扩大，各种滋味在干子心头转了一圈。

"我知道寺院也很不容易。这种事，我也觉得不太好，但既然是长久延续下来的惯例，那也没办法。"

干子看着男人歪着的嘴角。那似乎没有感情的不可思议的声音还在继续。曾在哪里见过这种表情呢？她向记忆深处探寻，发现和从皇家酒店销声匿迹的那个男人的笑脸很像。那是一张可以将任何事都归咎于爱情的脸。

"下个月来这里的说不定不是我，但布施由我来出。我们公司有客户。父亲也许是以个人名义在帮助你们，但对我来说，用途不明的钱很难筹措。我会用自己的方法来帮助你。"

也就是说，佐野要把布施的金额列入招待费，所以可能会换人。干子无法点头，目光越过他的肩膀看着窗子。日暮将近，河畔的景色染上了一层绯红。

"就这么定了。日后请多关照。"

男人离去后，房间里弥漫着焚香的味道。干子终于发现这味道是从自己身上散发出来的。她想象着佐野为了去除身上沾染的焚香味，正在酒店走廊拍打西服上衣的样子。

对每个月会有不同的快乐降临的期待，与仿佛伫立在漆黑草地前的不安,交替涌上了她的心头。

第二天清晨,干子在清扫正殿时,发现那只信封依旧放在佛像的脚踝处。起了毛刺的灯芯草扎到了脚底,她像要抚慰那些灯芯草一般继续用抹布擦拭。

接下来的一天,再接下来的一天,佐野给的"布施"依旧留在那里。干子和西教的生活一成不变,在一如既往的时间起床、吃饭、诵经、睡觉。如此反反复复。

下个月,到了又该去见佐野那天的早晨,干子打开了到了忌辰的骨灰堂。里面也有田中大吉的灵位,西教为他写下了生前的姓名。

干子想着这个留下"今日开业"后死去的男人。他的骨灰和干子从佐野那里接过的钱,都无处可去,留在这里。

干子将"自己不久也会如此"的预感关了起来,阖上盖子。

今日开业。

今天谁会代替佐野来呢?干子的大门也即将开启。

其他檀家给的信封第二天清晨便会消失,唯有佐野给的,过了一个月还留在那里。西教已经发觉了檀家的更替给干子带来的快乐。

这是他拒不接受的表示。干子装作没看见,径直走了过去。

冥思苦想也找不到答案的日子，今后仍要继续过下去。

今日开业。

路只有一条。她也要行动起来。

只是，从今以后要有意识地、安静地、轻手轻脚、悄悄地。

第三章

情趣店

雅代打开只能由里向外看的小窗，仰望九月的天空。丹顶鹤在屋顶上空绕着大圈盘旋，也许是从鹤居那边穿过湿地飞来的，深蓝的天空衬出它黑色的飞羽与白色的腹部。雅代从出生起就一直住在情人酒店的办公室，这种日子今天要结束了。

"天气用不着这么好吧。"雅代朝着窗外喃喃自语。

皇家酒店已经建成三十年了。

雅代的父亲田中大吉抛弃了家人和工作，和怀有身孕的情人开始经营这家情人酒店。然而父母自她懂事起，便没事就不说话了，她也从小就认为这是理所当然。

雅代高中毕业典礼的第二天，母亲离家出走，到现在已经十年了。她连张纸条都没留，所以不知道真实原因。母亲走了几个月后，一个貌似知情的计时工私下里对她说，你妈是和饮料厂的送货员一起离开的。妻子消失后，父亲仿佛什么事都没发生过一般继续过日子，由此看来，他或许从一开始就知情。不过是曾经的情人又找了个情人私奔而已。只有两人生下的雅代被尴尬地扔在那里。

上高中后，母亲就像口头禅一般总说："不用去找工作，给家里帮忙不就行了嘛，你爸会按月付你工资的。"

工作面试都没通过，所以雅代最终只能给自家生意帮忙。不过母亲失踪和自己工作有了着落竟是同一天，想起来就感觉很讽刺。

七十有五的父亲现在患了肺病，正在住院。

说实话，没想到无人可以依赖的生活竟如此轻松。自从母亲离开家，雅代开始管理酒店后，父亲就很少来办公室。问他在哪儿留宿，他也不回答。听来往的商家说，他好像是寄身在前妻那儿。

天气用不着这么好吧。

雅代又一次喃喃自语，看向窗外。

客房的入口和六扇卷帘门全都关好了。营业到昨天结束。这半年来生意萧条，三月末发生了一起客人自杀事件，之后大概一个月，周刊杂志和摄影杂志的记者瞄准三号房间蜂拥而至，但后来突然门可罗雀。再后来的客人不是对事件一无所知的游客，就是听到"出现了"的谣言而来的幽灵迷。

"有人自杀的房间是哪个？"

有些客人会厚颜无耻地冲着小窗开口询问，雅代就故意告诉他们别的房间。不久前她才知道，网络上已经流传出了房间的样子。也没跟经营者田中雅代打声招呼，皇家酒店的全景、地图，还有"俯瞰湿地最棒的外景地"这种广告词，全部以"自杀现场"为题散布到了全世界。还有博客公布了用白绳圈出一对男女的卧姿的影像，如同事件刚发生后的现场一般。

雅代把高中毕业后一直在用的沙发床的靠背竖起来。想到再也不会在这儿睡了，却没有特别的感伤。

到二十九岁的今天为止，十年来她一直在这里生活起居，从没做过管理情人酒店以外的工作。盂兰盆节、新年前后、节庆和夏天的焰火表演等最赚钱的时候，她为了提高房间的周转率，甚至要跑着四处扫除。就算正在吃饭，也得赶去整理床铺和打扫浴室。为男人和女人善后，是出生在这儿的雅代的工作。

她已经联系过饮料厂家、酒家以及来往的商户，能让他们取走的东西几乎都取走了。等情趣店的人过来，善后工作就结束了。

"这周过完就停业了,您能过来把库存拿走吗?"

雅代说完后,位于十胜的成人用品店的销售负责人宫川说了句"真突然啊",然后沉默了一阵子。这家公司名叫豪岛商会,经营成人用品和成人录像带租赁等业务,在业内被称为情趣店。今天只要把库存全部交还给销售人员宫川,离开这里的准备就结束了。

"那么,我周一上午十点过去。"

宫川准时在上午十点出现了。他的工作就是更新每月的DVD、给成人用品补货、对商品进行讲解。但无论什么时候看到他,感觉都像十年前的银行职员:头发三七分,戴着无趣的金边眼镜,每次都穿着深灰色的西服。

宫川从来不苟言笑,不管是把成人用品摆到桌子上一件件说明的时候,还是雅代这边告诉他DVD的类别、客人的抱怨或者要求的时候,他都是这样。当然,雅代也是一本正经地听他讲解振动器、按摩棒、假阴茎和润滑剂,好在客人询问的时候能回答上来。

有一次雅代说:"你多说点笑话、嘴甜点多好。你干的可是这种工作啊。"当时宫川回答:"正因为是这种工作,所以不能嘴甜。"他比雅代大十岁,今年三十九,十年前接替前任成为这里的负责人。到现在为止,关于他的事,雅代知道的只有年龄。

"一个也没卖掉,真抱歉。"

雅代指着办公桌上橘子箱大小的纸箱说。宫川打开箱子,取出一件件存货。

"没办法啊。以前不去情人酒店或者那方面的店,可弄不到成人用品,但现在上网就能轻易买到。其实,我们家也是网上销售的收益占了很大比重。只要在物品类别一栏写上电脑器材,如今连女顾客也能堂而皇之地购买。"

他说话时也在淡定地核对商品。用粉色塑料袋包着的特大号振动器的名号叫"奖赏"。

"什么奖赏……"

雅代无意间说道,宫川抬起了头。

"试用员的评价相当高,是热销商品,但确实不知道是什么奖赏。"

宫川把从房间收回来的一沓产品介绍拿在手里,数完张数后装进纸箱。卖掉了商品,酒店才能拿到定价的一半,所以他今天的工作仅仅是回收库存。

"对不起,一个都没卖掉还让你特意过来。联系完你才想到,其实打包寄过去就行了。"

"从春天起发生了那么多事,皇家这边也很不容易吧。真是劫难。不过,买卖总有该收手的时候,判断失误的话只会更加举步维艰,不是吗?我干这活儿干了十年,见过不少连夜逃走的酒店,踏踏实实做完善后工作再关门的,皇家还是第一个。"

酒店关门后的事情拜托给了税务师。房子交由租赁公司托管,但没有重新营业的计划。听说土地没卖出去的话,上面的建筑也不能拆毁。

一旦决定离开,这里便不再是雅代的栖身之处。父母和雅代自己都是这样,与其说是经营酒店,不如说是被"皇家酒店"这栋房子利用至今。负债累累的酒店日进斗金,但同样被追着还款,过着没日没夜的生活也是理所当然。即使艳阳高照,依然有客人来这里寻找黑夜,为遮掩自己的内疚而支付金钱。

停业之前的安排得到表扬,雅代坦率地笑了。

"要是有连夜逃跑的胆量,也不会在这里据守十年了。"

宫川抬起头。两个人隔着办公桌上的成人用品聊天,气氛有些阴郁,滑稽的部分就交给那些阴茎形状的商品来负责了。

"今后你怎么办?住的地方和工作定下来了吗?"

"哪个也没定。"

宫川长长叹了口气,不知是惊讶还是怜悯,脸上依然没有表情。风从打开的小窗吹进来,雾也散去了,这是一年里最好的季节。

"刚才,屋顶上空有鹤在飞。我想就这样先一边开车到处走走,一边找住下的地方。距离冬天还有段时间呢。像在说梦话吧。"

雅代指了指放在沙发床前的背包和两个提包。带走的只有换洗的衣服,还有靠销售饮料和经营付费频道一点点攒出来的半年的生活费。她本来是想寻求赞同,但是宫川板起本就冷冰冰的脸说:

"一个女人,能过得了那种漫无目的的生活吗?"

"宫川先生,您没看过《蓝莓之夜》那部电影吗?诺拉·琼斯演的。我可是在效仿那种感觉哟。"

"我老婆是裘德·洛的影迷,所以听说过,不过仅此而已。"

"宫川先生您结婚了啊。夫人是个什么样的人?"

一脸严肃的男人那踌躇的样子,远比桌子上的假阴茎滑稽得多。

"什么样的……就是普通的老婆。"

"我不太明白普通的意思。说白了,我觉得什么都很普通。"

雅代第一次看见他笑。两边嘴角扬起一致的弧度,比想象中给人的感觉更柔和。记得在什么书上读到过,笑脸会体现出男人的一切。

"总是忙着翻看我的手机通话记录和邮件,处处怀疑我的工作,就是这样一个很普通的女人。"

雅代忍不住笑了。等她笑过一阵,宫川静静地说了一句:"没办法。"

如同被从窗子吹进来的秋风推搡着一般,宫川有一句没一句地聊起了妻子。DVD机、锅炉、电话、气力输送管①和卷帘门都不再作响。在雅代的印象中,皇家酒店建成后第一次迎来如此静谧的时间。

宫川说进豪岛商会前,他原本在市政府上班,后来揭发他与上司妻子关系的匿名信到处流传,他只好辞职了。

"市政府就是那样的地方。"

"尽管不多见,但还是有人会干这种事啊。"

"一定是闲极无聊的人干的。"

"我也这么想。"

失去稳定的职业、同上司太太走到一起的男人终于找到了

---

①气力输送指在专用管道中用压缩空气来传送文件的方法。情人酒店里的气力输送管通常连接着客房与前台,用来付款及找零等。

工作的地方，就是销售成人用品、通称"情趣店"的豪岛商会。

"您太太没反对这份工作吗？"

"除非去外地，否则谣言肯定会一直跟着我。从长远来看，还是在同一块土地上认真工作得到的东西更多。"

"想开了，去个什么地方多好，那样更轻松吧。"

"有父母在，想走也走不了。"

若是告诉宫川，她今天把身患肺病的父亲和生意一起抛弃了，他会说什么呢？这个男人说着"从长远来看"，却因为女人被开除，他当上情趣店职员的前因后果，无论拿出哪件事来看，都是因为脑筋太笨吧？对上司太太下手的干脆劲儿，在此后的生活中似乎完全没有发挥出来。

"对不起，这个话题太无聊了。"

"情趣店"清了清嗓子，开始把桌上的成人用品装进箱子。

独自一人待在办公室的时间多起来后，雅代才发现自己没有朋友。像半年前还在的清洁工，聊聊天可以，但没法和她商量事情。雅代想到一切都可以自己做主的时候，会挺直腰板，但一想起将来要去哪儿，就陷入漫长的思考。

"今天是最后一天在这儿了，就当是饯行，给我讲讲普通妻子的故事吧。"

雅代想听一听他和这个会检查他的手机、对他的工作疑神疑鬼的普通女人的生活。宫川面不改色，有一句没一句地聊了起来。

"我们在一起十年多。但她连我工作用的电脑、手机的通话记录和邮件都要检查，是从七年前开始的。"

她规定宫川每天要定时联系三次以上。如果体谅她，多给她打几个电话的话，她反而会愈加生疑。这样看来，已经是一种病态了。

"等等，这太过分了吧。"

在说着"就算是夫妇"的雅代面前，宫川露出了温和的笑容。

"她只有我一个人，所以这点事……"

"嗯。不过手机来电之类的也能删除啊。"

"不会干那么麻烦的事。"

雅代丝毫不同情他的妻子。他开始说老婆变成这样的缘由，雅代默默注视着他的嘴角。

情趣店的工作中也包括整合商品信息。比如说请几位试用者试用一段时间新产品后，让他们交份文字或录像谈谈感想。试用的商品或是"奖赏"，或是"调教用具"，或是润滑剂。还在网上介绍初、中、高三种不同级别的使用方法。

"试用者写的东西和图片全存在我的电脑里,因为更新主页也是我的二作。"

豪岛商会只有一位社长,员工也只有一个人。

"给主页添加图片,把试用者的报告删减后登上去,这些工作在家也能做,所以没感觉有多大负担。"

"那你太太也在旁边看着?"

"嗯,算是吧。有些试用者还是道具狂热爱好者,口口相传,往往能卖得十分火爆。我们这边也是在顾客里找那些能给好评的人。评价要是好的话,东西就能大卖特卖。"

事情皆因一封邮件而起。宫川说,他们计划找一位很熟悉的试用者,试用名为"鲸鱼小姐"的潮催用具,但对方却发来邮件称,"如果拍摄的话,要和宫川一起"。

"我们通常不会和试用者碰面。全是通过快递和邮件往来,不见面。"

试用者顽固地要约宫川,短信和电话没有得到回复,就亲自跑来公司。社长说愿意奉陪,对方却宣称如果不是宫川的话,今后所有的试用都不做了,还要在网上把豪岛商会的事全写出来。

"要是写好话,那欢迎啊。"

事情不可能这样发展。宫川答应了顾客的要求。由社长操作摄像机。

"那样的话，简直就是拍AV吧。"

"我是穿着衣服的，只拍到了手臂和手。"

和那个女人到最后也没做吗，雅代问。宫川斩钉截铁地说："那不是我的工作。"

但问题是此后的事情。

妻子上网看到录像，发现丈夫的手臂出现在画面中，好一顿闹。无论社长怎么帮着解释，她都无法接受。雅代看着宫川那真挚得叫人起疑的眼眸，从男人木讷的叙述中，想象着"拍摄工作"和那位太太引发的混乱。

这是七年前的事，也是他妻子监视丈夫的开端。

"感觉好奇怪啊。去私奔的地点，引发夫妻纠葛的地方，竟然都是在这样的情人酒店。"

"因为都是自作自受。"

"感觉您和太太两个人越走越远。"

宫川轻轻哼了一声，歪了歪头。

"说实话，我从没在老婆身上用过这些东西。"

他说，因为工作和家庭不一样。雅代不是不明白这种事。酒店老板若是用了做生意的房间就完了，她也是在这种不成文的规定之下沿到现在。

"不知道这合不合理。"

"我终归只把这些东西当作商品。"

宫川垂下眼睛。雅代有些同情他的妻子，用力叹了口气。

"无聊的男人。"

宫川低下头，没有回应。

在可以名正言顺离开这间办公室的日子里，雅代看到宫川，不由得对自己的愚蠢怒上心头。竟然就这样被父亲抛弃的梦想束缚了十年。

就这样的话——

雅代吸了口气，拿起装着成人用品的纸箱。虽然是她在刨根问底，但就这样"再见"的话，也有些无法释然。

"今天呢，我要踏上新的旅程。我想一扫阴霾，更阳光地离开这里！"

宫川半张着嘴看着雅代，用手背把滑下来的眼镜推上去。

我要向那个倒霉的三号房间复仇，雅代想。

她拿着纸箱从办公室来到公共走廊。回过头，宫川皱着眉跟在后面，一脸惊讶的表情。

今天踏上旅途。今天起自由。今天要告别。今天是开始。

雅代这样默念着一步一步来到三号房间。宫川在几步开外停下了。雅代咻咻地笑了起来，猛地推开客房的门。

到昨天为止，雅代每天都在这条又窄又陡的楼梯上抱着两个装满清扫用品的篮子上上下下，忍耐着男女苟合之后让人掩鼻的异味，默默更换床单、清洗浴缸，然后将天花板和墙壁上的水珠擦拭干净。没钱雇佣小时工的这几个月，一天来一次客人就是万幸了。

二楼有六间客房，每一间格局都相同。一楼是车库。每间客房分成两个八叠大小的隔间，地台那一边的是卧室。床对面就是用玻璃隔开的浴室。父亲竟然弄出如此搞笑的房间，一想到他那张脸，雅代就怒不可遏。

不知是因为地板偷工减料还是建筑有缺陷，客房中女人的喘息声在公共走廊听得一清二楚。客人在床上疯狂完离开后，走廊天花板上的通风口盖子都会因为震动而错位，很麻烦。

第一次改建时，大吉抱怨过，青山建筑的社长从酒糟鼻里哼着气说："那要是待在走廊，多享受啊！"老色鬼！发生自杀事件后，他一次都没来过。盖子已经不会再错位，不用再一次次盖好了。

雅代环视室内。潮湿的墙壁渗出积攒了三十年的男男女女的气味。换过多少次壁纸呢？因为舍不得花钱雇人，壁纸贴得要么皱皱巴巴，要么高低不平。她既不明白客人为何要逃离日常生活，也不明白他们将身体联结在一起有何意义。房间里纠缠在一起的男女，究竟在这里想些什么呢？

雅代回忆起春天的时候。那天，三号房间的内线电话怎么拨都无人应答，她过来一看，一个穿着水手服的女生和一个穿西服的男人手牵手亲密地倒在床上。客流还过得去的三连休最后一天，没想到自己竟然成了自杀事件的第一目击者。

这两个人真够傻的，居然来这种地方寻死，当时雅代低头看着床铺想。是从道南过来的老师和女高中生。她也曾心生恨意，但想到是他们促成了脱离此处的机会，便觉得与他们握手言和也无妨了。

"是这里吗？那个……"

雅代没有回答，进了卧房，把装着成人用品的纸箱放到圆床上。

"不要紧的。四个角都放上盐驱过邪了，虽然床是旧的，但换了张圆床。因为有角的话，会感觉有些地方邪气没驱除干净，是吧？"

说是驱邪，也仅仅是模仿母亲在客房发生吸毒案或藏匿过抢劫犯后所做的事。这是她第一次也是最后一次用办公桌里的盐和般若心经的复印件。但奉了三次经也徒然无用,很快就不得不裁掉打工的老员工了。

那个五十多岁的女人很平静,还问雅代"一个人不要紧吗"。到最后的最后,她都跟着雅代。离开时,雅代不打算去跟她打招呼,因为被问到去哪儿的话,又答不上来,白白让她为自己担心,倒不如不见。

"宫川先生,用这个来玩吧!"

男人镜片后面的眼睛瞪大了。

雅代被教育过,即使觉得水费可惜,也要放掉客人没用过的洗澡水,所以她从没用过客房的浴缸。连一支牙刷都不许用客人的。

宫川从来不会把商品拿来自己用。事到如今,虽然不能说这可以用来感受独自漂泊是什么感觉,但和他用客房消遣一下也不会怎样吧。正好可以把那位爱吃醋的妻子从他的意识里赶出去。

"太久不做,都忘了,不好意思。"

雅代高中毕业前不久开始同一个男孩交往,跟他做过三次。在男孩的宿舍里仅仅有过三次,每一次都不算顺利,如今已经连他的名字都不记得了。客人发出的那种喘息声,她一次都没有发出过。她不知道究竟是自己不好,还是男孩水平差,总之不明不白就分手了。都是因为母亲私奔后,雅代天天关在办公室里,没时间和对方见面的缘故。

那之后到如今,雅代一直没有想做爱的念头。她觉得那种行为是属于客人的,和自己没关系。结果到了二十九岁,她依然不明白黏膜摩擦有什么可舒服的。这个认真到近乎可笑的男人,很适合用来装点雅代这或许白白荒废的十年。

"尽情玩过后就离开,不必再打扫,从此多少年都这样无人问津。这样的事,情趣店的人更清楚吧。"

"是啊,这种没有机会重新开张的酒店,一旦停业,就多半直接成了废墟。钢筋建筑物或许还有再利用的办法,但木质结构外面抹砂浆的房子盖了三十年,也差不多该推倒重来了。何况建筑公司在建材上偷工减料,盖出来的豆腐渣工程也不少。"

雅代忍住没笑出来。她脱了T恤,解开胸罩,又脱了牛仔裤。只剩下遮到肚脐的肉色内裤。

"情趣店或许发生了很多故事,酒店也一样经历了很多。我想冲破禁锢,清清爽爽地离开这里。拜托你了。"

雅代自认为这诱惑的台词很棒,但宫川的目光却离开了她。他待在电视机前,没有一丝要动的迹象。雅代只穿着一条内裤,后背冒出了汗。

她等得别扭起来,宫川却开始解西服纽扣。他脱下上衣,仔细地放到旁边的双人沙发上,又解下领带,脱下衬衫、袜子和贴身汗衫,只剩下一条橙色豹纹内裤。然后这个男人终于看了雅代一眼。男人的内裤已经洗得褪了色,怎么看都是便宜货。

宫川仅仅比雅代略高一些,大概一米七上下。即使穿着内裤,依旧给人白皙的印象。他平滑的胸膛上一根胸毛都没有,不瘦也不胖。朴实柔软的肌肉包裹着双臂和大腿。

"无论男人还是女人,都有要用身体来游戏的时候。我就是这样想着工作了十年,一直告诉自己,我是在帮助他们。我没做错。"

他深深地行了一礼,坐到了雅代旁边。雅代努力想笑一下,无奈面颊僵硬,只好拼命找话说。

"宫川先生喜欢这种内裤吗?"

"不,不是这种感觉的。"

"那……"

雅代把"是哪种感觉呢"咽了回去。男人面颊上残留的踌躇消失了,换成了温柔的微笑。

雅代拿起纸箱里的成人用品,声音颤抖地说:"从哪个开始用呢?我肯定会买下的。"

宫川拿开雅代手上的"奖赏",放回纸箱。

"这种事,必须按步骤来。"

"……什么步骤?"

"对不起。其实我也不是很明白。"

两个人同时长长舒了口气。雅代暂且把头倚在了男人的肩膀上。浴室里镶的玻璃墙变成了镜子,映出了两个人的身影。

原来如此,这东西是这么用的啊。

雅代第一次明白了嵌在浴室墙上的玻璃该如何使用。宫川也看着映在玻璃上的自己和雅代。两个人都不再动了。男人和雅代的双手放在各自的膝盖上。三号房间的过客究竟在这块玻璃上映出了什么呢?

"真现实啊。或者说很丢脸。"

"实在对不起。"

雅代觉得,要道歉的应该是自己。她的身体远比想象中贫瘠。两人在镜中四目相对,雅代如坐针毡,站到床边掀起被子。床单雪白,没有凹陷也没有褶皱。她低头看着平整的床单,心想,无意间又在检查床铺整理得如何了,我也是相当不错的专业人士嘛。

"真傻啊,竟然死在这种地方。"

雅代下定决心,把手伸向男人的胳膊。

两人躺倒在床上。天花板的角落里有什么东西在闪烁,是蜘蛛网。平常清扫时,光去注意那些落在绒毯上的头发、阴毛、纸屑和香烟烫出的窟窿了,却几乎没看过天花板。

"逃离日常吗?"

雅代的细语被宫川的身体覆盖住了,她几乎不记得男人身体的重量了。人的肌肤比想象的冰冷许多,嘴唇更凉。男人的嘴唇从她的脖颈落到肩膀,即使到了胸口,也没有温暖起来。

雅代将他放在床单上的右手放到自己的腰际,把他的犹豫不决更强硬地拉到近前。男人的指尖滑过肚脐下方,来到靠近缝隙的部分。她紧紧闭上眼睛,错开身体。床单吸收了人的体温。雅代的意识集中到了男人的指尖上,全身都变得柔软。

指尖。扭动身体。呼出的气息里含着声音。这难道是——

雅代出声的同时,男人停下了动作。手指还在缝隙内,像电池用尽般一动不动。他沉默的时间太长,所以雅代一咬牙,把手伸向了他的内裤。没有比这个时候退却更丢脸的事了。

她想象了一下男人停下的理由。她的手触碰到了绵软无力的东西，那就无可奈何了。雅代开始后悔发出声音。

"在想你太太吧？"

雅代将双手伸向沉默不语的男人的后背，将他拉过来，用全身感受着他的重量。再奢望更多的话，以后会忘不了宫川吧。雅代竭尽全力笑了。男人将毫无情欲气息的双唇贴上来，静静地说：

"真是对不起了。"

他用的是过去时。

整理完衣服后，雅代坐到了床边。宫川也穿上西服，坐在双人沙发的边缘。他脚下是装着商品的纸箱，表情仿佛什么都没发生过一般，让雅代的心情干干爽爽。

无论男人还是女人，都有要用身体来游戏的时候。

但是，他们两个人的"时候"却不是今天。这个男人的心里，有某种无法趁着兴头一跃而过的东西。宫川有一句没一句地说着，说妻子是自己的第一个女人。

"这是理由吗？"

雅代笑弯了腰，暗想他妻子真是个无比幸福的女人。她只觉得自己快要窒息了，有什么在不断干涸下去，不断变得轻盈，最后什么都没剩下，分毫不留。

"我也快喜欢上宫川先生了。"

"谢谢。有负期待，实在抱歉。"

"放心吧。和我期待的一样。"

不要紧。确实可以离开了。清清爽爽彻底干燥的心中，吹起和煦的风。在这个九月里轻柔地吹响明天的风。

"我不会问你去哪儿，不过请多保重，珍惜崭新的每一天。我告辞了。"

宫川抱着纸箱行了一礼，缓缓下了楼梯。男人没能用上这些商品，回归了他的日常生活。地板的吱呀声消失了，几分钟后，窗下传来汽车碾过砂石出发的声音。雅代站起身，环视着三号房间。

自杀事件发生后，壁纸全部重新贴过，床也换了，但记忆依然难以抹去。人们的闲言碎语也一样。无论什么时候，一定还有人记得这里发生的事。抹不掉的污渍和网上的评论一样，永远残留在这里。

雅代想象着今晚宫川会比平时更温柔地拥抱妻子，眼中流下两滴泪。

她抚摸着床边的壁纸上外行人留下的痕迹。由于空气没排干净，壁纸凹凸不平，边缘也皱皱巴巴。雅代用指尖捏住鼓起的壁纸，向下一拽。廉价的薄纸破了，干掉的糨糊块块脱落。

她抬头看了看窗子上方的墙壁，靠近天花板的地方落着一只不知何时钻进来的蛾子，大概五厘米长，对称的翅膀展开着，边缘如刘海般开裂。它既不是灰色也不是白色，而是呈现一种不可思议的颜色。

雅代打开卷帘门一侧的窗子，蛾子却一动不动。她无奈地抓起一张纸巾，爬上放在底座上的冰箱，用纸巾捅了捅蛾子，把它往窗子一侧赶，好容易才赶到了外面。不知是不是没有了展翅的力气，蛾子轻飘飘地乘着秋风一点点落下。雅代没看见它着地，便关上了窗户。

算得上珍贵的东西，只剩下明天的自己了。她回到办公室，把背包和两个提包放进微型车的后排座位。拉下电源总闸，再锁上出入口就行了。

遗憾的是只有锅炉房的锁怎么找都没找到，无奈只能在里侧的门上抵上木棍，用铁丝把门把手和横梁一圈圈缠紧。不过从外面用力拉的话，整个门似乎都会掉下来，但没有更好的办法了。如果是认真的宫川，这种时候会怎么办呢？想到这儿，雅代寂寞地露出幸福的笑容。

把钥匙送到税务师那里，一切就结束了。

湛蓝的天空下，雅代踩下油门，从能俯瞰湿地的高岗开向国道。路口旁竖着三十年没变的指示牌，陈旧的铁板被乌鸦啄得满是凹痕。

"皇家酒店"。

听说这家酒店是父亲在雅代出生前设计建造的。边缘翘起的红色文字在后视镜里越来越小，最终消失了。

眼前，湛蓝的天空一望无际，柏油路绵延不绝。

第四章 泡泡浴

已经过了十点半，住持还没出现。

"就算是盂兰盆节，也不能连念经都要排队吧？"

丈夫的口气里透着焦躁，惠看看他，又看看天空。本来约好了十点，但一周前就预约的僧侣根本没有要现身的迹象。毫无遮拦的阳光下，黑色的连衣裙里都出汗了。扫完墓，真一的POLO衫上也透着汗渍。

隔着三座墓碑，一个六十岁上下的女人正打着阳伞让孩子们拔草。惠茫然地望着那位优雅地撑着阳伞的妇人，望着她那白皙的胳膊。

惠低头看看自己，短袖的袖口露着胖胖的双臂。平时总是手忙脚乱地抚育孩子、照顾婆婆，不记得什么时候空出过一只手为自己撑伞。

"喂,你给寺里打个电话啊!"

环视了一圈墓地,哪儿都看不见像僧侣的人。惠把沾了汗水、变得发滑的念珠放进许久没拎的黑色手提包,取出手机。长子太一发来了短信。说是上补习班接送需要,才给他买了手机,却主要用来联系朋友了。

"我刚起床。有什么吃的?"

儿子正在放暑假,但绝大部分时间都被补习班填满了,因为夏天一过,他便面临升高中的考试,这也是无奈。今天儿子难得休息,但没想到到了约好的时间,准备好去扫墓的只有真一夫妇两人。公公去年年末开始与他们同住,却一次都没给婆婆扫过墓。捡骨灰时,是儿子真一买下的墓地,还为此贷了款,导致本间家的生活愈发辛苦。

真一原本自己经营家电,当大型电器城开始进军市场时,他抓住机会果断放弃生意,应聘做了电器城的楼层主任。他四十岁开始工作,到今年正好十年,每年到手的收入一直稳地停留在四百万左右。即便如此,也比自己开店收入好得多。眼下担心的是孩子渐渐长大,要花的钱越来越多。

婆婆逝世已经快一年了。惠想去打工,但是小学六年级的女儿时不时拒绝去上学,让人放心不下,所以她还在犹豫要不要去外面工作。

"不好意思,我是本间。我预约了十点在里山墓地见面。"

接电话的是住持的妻子。听说五十多岁的住持娶了位比他小二十岁的妻子,那个女人原本是助理护士。

"您什么时候预约的?"

"上周一,一周前。我想直接和住持说。"

大黑似乎遗憾地拖着长音说了声"啊",接着说,实在抱歉。

"住持好像没写在预约登记本上,而是写在了日历上。当天都是看登记本出门,所以现在去了紫云台墓地。对不起,怎么办呢?"

从大海那一侧的墓地赶过来,再快也要三十分钟吧。要是把预约登记本上写的檀家都转完再过来,就到下午了。惠尽量用平缓的语气说:

"那这次就算了。等秋分时再麻烦您。"

秋分时也不会再请僧侣了。连公公都觉得扫墓麻烦。

公公的理由是"就算向死人合掌,也不能起死回生"。周年忌因为要花钱没办,所以在婆婆去世后的首个盂兰盆节操办一下倒是很合宜。惠把手机放进包里,看了看准备好的礼金袋。里面装着五千日元,袋上用圆珠笔写的布施字样,同里面的东西一样寒酸。要从钱包里拿出来的钱省下了,惠单纯地为这件事高兴。不管怎样,只要不花钱就是喜事。信佛也是,那是内心和钱包都充裕的人才做的事。每年至少要扫一次墓、诵一次经,丈夫这种中庸的意见也付诸东流了。

"和尚现在在海边的墓地呢。"

坐在墓地台阶上的真一嫌刺眼,眯着眼睛发出一声:"哈?"惠只好冲那张不开心的脸说了句"没办法"。真一今年五十岁,两鬓到太阳穴白发越来越多。如今这种发型三七分、身材瘦削的人已经难得一见,相貌着实像老派的小镇电器店老板。真一会修大部分家电,但这手艺已经没人需要了。如今东西坏了,比起送去修理,买新的更便宜。家里本打算在换成地面数字电视系统时顺便换掉显像管电视机,结果也是以让真一安了个零件告终。儿子抱怨,他似乎也不介意。

"孩子他爸,你总向别人推荐大型液晶电视机,可咱家的家电不全是旧的吗?现在谁家也没有二十五英寸的显像管电视机啦。"

但是真一坚称:"V公司生产的屏幕是全世界品质最好的,用坏了再说。"说好听些是顽固,但主要还是出于经济原因吧。又不能为了电视削减儿子的补习费。现在问题不是上不上重点中学，儿子那成绩上高中都危险，他本人能拿出多少劲头来才是问题。

"哪是看电视的时候啊，好好学习吧。"

即使儿子的回答毫无干劲，他的补习费也会按时从自家的存折中扣除。惠拿起扫墓用的水桶。

"孩子他爸，走吧。和尚不来，在这儿待着也没用啊。"

"真是的，派头好大的和尚啊。去世的老妈会不乐意吧。"

"乐不乐意不知道，但就是这种机缘巧合啊。走吧走吧。"

果然，车里像蒸桑拿一样。惠用纸巾擦了擦汗，把空调调到最大，开足马力送风，不知何时才能变成冷风。

从墓地的停车场开出来一分钟左右，有条上坡的砂石路。上到坡顶能看到情人酒店的牌子。廉价的白墙外围着一圈褐色铁板。也许是铁板弯曲的角度很巧妙，从大门不能马上看清里面的景象。真一经过酒店前时完全没有要减速的迹象，一脸毫无兴趣的表情，从"情人酒店"的牌子旁开过。

惠脑海中浮现出下午要做的事。先径直回家做午饭给公公和孩子们吃，天气太热，所以今天也做素面或者凉面吧。就算奢侈一下，也不过是切上足足的葱花，煮点荞麦面而已。租来的公寓不够给孩子们留出独立的房间，只能用帘子隔开六叠大的和室。公公去年年末忽然提出要一起住，独占了一个四叠半的房间，真一和惠就没了当作卧室的地方。

"太浪费退休金了。"这是公公强烈希望一起住的理由。真一和惠只好在孩子们的双层床下面铺上被褥睡觉，在这种环境下，连握个手也不能随心所欲。

惠打开腿上的包，里面装着准备布施的礼金袋。

"孩子他爸，等一等！"

真一赶忙刹车。车在砂石上哧溜溜打起滑来。

"怎么了？忘东西了吗？"

"不是。"

"别一惊一乍的，出事怎么办？"

惠从包里取出礼金袋举起来。

"我们去那儿吧。"

真一的视线滑到惠指的方向。酒店、礼金袋。酒店、礼金袋。真一在这两者之间来来回回看了好几次，视线终于在惠的脸上停下了。

"别开玩笑了。"

"我是认真的。我想去一次这种地方。反正是本来要给和尚的钱，是他约了别人来不了，遭报应也应该是他。"

这时候退缩反而更丢脸。惠犹豫着要不要说个"想出出汗"之类司空见惯的理由，不顾或许已经花了的妆容，冲丈夫嫣然一笑。

"喂，去吧。"

这五千日元是五天的伙食费；还能给儿子和女儿各买一件新衣服；能瞒着公公去附近的中华饭店，一家四口各要一份一千二百日元的套餐；还可以交一个月的电费。能买到的各种东西一个个浮现在眼前。

惠用力睁开双眼。不能退缩，也不能害羞，要毅然决然地邀请他。她寻找着最有力量的语言。

"我想在能尽情发出声音的地方做一次。"

真一鼓起鼻子，用力吸了口气。空调吹出的风终于凉了下来。

两小时四千日元，加时的话，每半小时八百日元。

车库墙上大大地写着价钱。卷帘门降下，引擎熄了。打开写着"入口"的门，迎面就是楼梯。真一仿佛忘了自己说过"别开玩笑了"，脱下鞋子。惠追赶着丈夫的脚步也上了楼梯。

按下入口的开关，室内的灯亮了，房间里有醒目的深蓝色地毯和白色墙壁，地台上是一张双人床。挂在墙上的电话响起来，惠猛然起身。真一把话筒从挂钩上摘下来。

"是——啊，是。不。"

"喂，人家说什么？"

她怯怯地问放下话筒的丈夫。

"问是不是只休息一下。正是盂兰盆节期间，也有客人会直接住下。这种地方也有各种流程吧。"

丈夫叹了口气，视线落在脚尖上。进了酒店当然好，却不知道接下来该怎么做。惠想起邀请他时的心境，尽量用开朗的语气说："洗澡洗澡。得洗个澡。"

她把包扔在电视前的双人沙发上。

浴室有四叠半大小，没有一点霉渍，干干爽爽。屋内有和壁纸图案相同的内窗，虽然外面是大白天，室内却完美地散发着夜晚的气息。

浴室有一半被金色的浴缸占据了。聚光灯在浴缸上投下圆形光晕，和公寓那除不干净水垢的洗澡间有天壤之别。惠扭开热水龙头试着水温。热水哗哗地敲打着浴缸底部，家里的浴缸根本不可能放这么多热水。

一人高的大镜子擦得光洁照人，前面摆着洗发水和沐浴露。

旁边的香皂盘里放着粉色的小袋子，似乎是固体入浴剂。浴缸里已经放了大概十厘米深的热水。惠打开写着"玫瑰香型泡泡浴"的包装，把形状和橄榄球一模一样的粉色小块放进水里。

水龙头里强劲地冲出热水，水落下的地方，大大小小的泡泡渐渐充满浴缸。直到眼看要溢出来了，惠才慌忙关上水龙头。

凝结的蒸汽混着太阳穴上冒出的汗珠，顺着脸颊流下来。惠用手背擦拭着向右转过身，看见真一站在浴室门口。

"带着这种味道回去，不会被他们发现吗？"

他也许不是第一次为这种事担心了。但惠不愿意去想这样的事。不会被发现吗？仅仅听到这一句低语，她的体温便不可思议地上升了。每月一万日元的零花钱，丈夫都花在哪儿了呢？惠没有工夫也没有心力去探究。说实话，她相信没有人愿意跟着每个月只有一万日元零花钱的男人。

"我反正是没发现。"

真一似乎不理解妻子这话的意思。她嗯了一声，点点头出了浴室，眼睛追逐着丈夫的背影，然后看了一眼旁边的镜子。自己走形的身材一目了然。下垂的胸部，和屁股几乎没两样的隆起的小腹，松弛的脚踝，粗壮的双臂，还有仿佛在嗤笑自己竟然会说出"在能出声的地方"这种话的嘴唇。玫瑰的香气简直让人头疼。

惠赶忙脱下连衣裙。衣篮里装着浆洗得过了头的纯棉睡衣，一打开似乎会哗啦哗啦作响。长度及膝的睡衣像是不分男女。胸罩和内衣都被汗水打湿了。惠把脱下的东西包在连衣裙里，朝房间喊了声：

"喂，我先洗了啊。"

"嗯。"真一冷淡地回答。

"好多泡泡呀。这种澡，自从冲绳的新婚旅行后就再没洗过了，真舒服。你来啊。"

惠犹豫着叫了声"阿真"，然后臊得不禁把身体沉到泡泡里。

泡泡比热水还多。她用双手按了一下泡泡，水面回旋起来，泡泡再次浮到她的胸前。她回忆起礼仪公司准备的婚礼套餐，包括婚礼、婚宴和新婚旅行。两个人眺望着南国景色，浸在泡泡浴里。他们把观光抛在一边，在四天三夜里不分昼夜地相互舔舐对方的身体。就算容貌不及常人，那时却拥有给谁看都毫不羞愧的身材。真一是这样，自己也是这样。

二十年前的景象恍如昨日，本以为只有死去的婆婆才会有这种感受。惠浸在泡泡中，不禁觉得那时错以为没钱也会幸福的自己无比悲哀。

"你这人,哭什么啊?"

真一半是嗔怪地说着,也进了浴缸,一边抱怨说泡泡碍事,一边拉过惠的身体。惠的后背被丈夫的身体包裹住,尾椎骨的上方触碰着他的欲望。

"这种事值得哭吗?"

"没哭呀。"

"嗯。"

一切都发生在泡泡下面。被指尖触摸的地方一处处划过电流。真一在惠的体内变得越来越大,他吐出的气息吹在惠的脖子上。

眼前是铺天盖地的泡泡。只有泡泡。

一声、两声,惠叫了出来。泡泡拍打着、晃动着。泡泡下面连在一起的身体也同样。他们不想放开这种快感,一直在晃动。真一离开了惠的身体,催她上床。

惠蹒跚着把浴巾卷到身上,顾不得发梢还带着泡泡,便趴到床上。真一随后也上了床,把惠的腿大大地分开,两个人再次肢体交缠。

剧烈的波浪袭来,每次都让惠叫出声来。欲望也和声音一起越涨越高。以前从来没发出过这么大的声音。惠借助自己的声音，肆意地让欲望膨胀，奋力迎合着冲撞自己的真一。

外面也许能听到。

体内已经热到熟透，让这个闪过脑海的想法烟消云散。无论被谁听到，被谁看到，都已经停不下来了。在喉咙干渴、声音沙哑的时分，欲望的较量唐突地结束了。

惠给睡着了的真一盖上薄被子，再次进了浴室。相互联结的部分如同熟透的果实般不可靠。热水上面那层泡泡几乎都碎了，仅仅在浴缸内壁剩下一点点，就像给它镶了一层边。她将身体沉进去，全身的关节咯吱作响。

她洗完头发，轻轻拭干，用手机看了下时间。进入房间才一个小时。剩下的一个小时怎么办呢？惠回头看看床上。真一微微打着鼾，正在熟睡。

她坐在床边看着丈夫的睡容。今天是丈夫八月里唯一的休息日，下次休假要等到九月以后，但能不能休也不知道。楼层主任实在是很方便的头衔，厂家派来的员工要是请假，真一就必须顶上空缺。丈夫大致的家电知识都懂，公司这是在充分利用他，但以他的处境又无法抱怨。因为现在租的公寓由公司付一半房租，如果因为房子太小想搬家，超过一半的部分就要自掏腰包了。补助限额最高只有两万日元。

为偿还开电器店时欠的债,地和房子都卖了,现在那里成了包月停车场。一家人已经无处可归,被人掐住脖子却又不至于掐死,十年前真一决定去今田电机上班时,根本没想到日子会过成这样。

"从明天起,没还清的赊账和越滚越多的欠债就没有了。"在这种喜悦中,失去家的寂寞丝毫没有显现出来。

那时真是太天真了。

惠想起穿着今田电机的背心、手拿扬声器招揽顾客的真一。他从早一直忙到晚,累得筋疲力尽才回到家,却连张舒适的床都没有,这样的生活日复一日。

在邻里间被评价为和蔼可亲的公公也是,在儿媳面前总是别扭又麻烦。即便哪天想抱怨一句,想到拉门那边正竖着一只耳朵,什么样的不满都必须咽回去。惠都不记得上次与丈夫肌肤相亲是什么时候了。公公来以前,因为女儿不上学,家里的气氛始终如履薄冰。在那之前,惠还一直在照顾婆婆。

然后——

惠从床上起身,把内窗稍稍敞开了一点。刚才还飘荡着夜晚气息的房间里,射进一缕夏天的阳光。太阳照在壁纸的接缝上，脚旁有些翘的壁纸边缘沾满了灰尘。时间还有四十分钟。

为了不让阳光照到真一那儿,她又将窗户拉动了大约五厘米。这座酒店建在能俯瞰湿地的地方,另一侧似乎是悬崖。下方是同钏网本线并行的国道吗?从窗户里能看到绿意繁茂的芦苇荡,还有蜿蜒的黑色大河。令人目眩的夏季景色一望无垠。

迷你冰箱上放着外卖菜单,但一想到等外卖时会多算超时的费用,惠就觉得太蠢了,她现在想让真一再多睡一会儿。伸开四肢光着身子呼呼大睡,对自己和真一来说是多么奢侈啊。凄楚之感不知不觉占满了惠的心。

她注视着夏风中摇曳的嫩芦苇穗和一簇簇稀疏的赤杨。刚才身体深处的欲望已经消失得无影无踪。留在体内的沉渣也消失了,简直就像浴缸里的泡泡一样。

这时,真一醒了。

"哎呀,我睡着了啊。"

"嗯。睡得特别香。"

"大白天竟然在这种地方呼呼大睡,太浪费钱了。"

"你睡得可沉了。"

"完全不知道现在在哪儿,睡了几个小时啊。"

真一长长的叹息弥漫在房间里。惠觉得丈夫呼呼大睡这件事太好笑，笑了出来。

"你已经洗过澡了？"

"嗯，泡泡都没了，你去冲冲身上的汗吧。"

真一从床上爬起来，有些踌躇地消失在了浴室里。花洒喷水的声音传来。能在明亮的地方看到丈夫的裸体也不错。能知道两个人在一同老去，这一定就是幸福。

吹起秋风的九月中旬，公公的食欲忽然急剧减退。惠觉察到这一点，很是奇怪。

"孩子爷爷，你是不是哪儿不舒服啊？要是感觉有什么不对劲，或者哪儿疼，要告诉我。"

公公似乎很讨厌被抓住弱点，就为这一句话，三天都没和儿媳说话。惠虽然感觉公公在瞒着什么，却没时间告诉真一。

公司夏季的销售额在道东地区是最差的，因此总公司立即要来视察。真一不分昼夜地忙着准备，说连重要的卖场都没时间去。

"可能会有较大的人事变动。"

问他事情要是到那种地步会怎么样，真一回答，只有负责人会被调到九州或者冲绳之类偏远的地方。这也是试探当事人是否会辞职的左迁调动。

"我也一起去吗?"

因为惠这一句无心的话,真一眼睛圆睁。

"这种事别问我!辞职的话,是从明天起就失业;调职的话,就是在人生地不熟的土地上重复同样的事。"

面对这样的情况,惠实在没法说什么担心公公的身体,你劝劝他去医院吧。真一每天都要到深夜才一脸倦容地回家。女儿在暑假结束后依旧不肯去学校。儿子参加了学习能力测试,结果被判定只能去两所市内的高中,其中一所还要坐电车上学。比起学费,先要被交通费压垮了。这些全部重重地压在惠的肩膀和手臂上。

一天早晨,公公半天没从厕所出来。

"爷爷,你差不多就出来啊!"

焦躁的儿子敲了好几次门,然而里面没有任何反应。惠握住从里面锁上的门把手,用力扭向合页那一侧,然后使劲一拽。每次坐在马桶上,都觉得这门锁不锁不都一样吗,这一点如今却在微妙的地方发挥了作用。

公公抱着马桶,睡裤还没提上,露着半个屁股倒在那里。听到混乱的响动,女儿最先开始尖叫。儿子的喉咙里也发出莫名的声音。惠赶忙把公公的裤子提起来。

"救护车,快叫救护车。"

女儿立刻跑向电话。惠轻轻摸了摸公公的脖子,似乎还有脉搏。在等待救护车的时候,她叫儿子帮忙,让公公躺到毛毯上。玄关外面传来附近的孩子去上学的声音。

公公张着的嘴里飘出臭鱼般的异味,同婆婆死前呼出的气息一模一样。

惠打手机叫真一回来,冷静到连她自己都觉得吃惊。

"一会儿救护车就来了。等知道送去哪里,马上联系你。手机别离手。"

真一问情况如何,惠看着翻着白眼吐出难闻气息的公公说:

"发现得应该不算晚。"

这症状和从前听说的邻家老人被送到医院时的情形非常像,肯定是脑血管发生了堵塞或破裂。有人说过在这种情况下,从发现到去医院的时间决定了生死。儿子远远看着这一幕,低声说:"妈妈可真够冷静的!"

公公再也没有睁开眼睛,在倒下后的第三天深夜去世了。

手忙脚乱地结束了葬礼,开始整理公公住过的那间四叠半的房间时,已经进入十月。死亡登记和各种手续让活着的人几乎没有时间悲伤。真一又是七天丧假还没结束就回去工作了，说是七天假全休完才去上班的话，周围的人便会给脸色看。

"就那么回事吧？"

"就那么回事。"

四叠半大的房间中，还留着婆婆过世时收到的礼金袋。袋子用皮筋扎成一捆，里面的东西全抽走了。惠想看看有没有漏网之鱼，却白费力气。虽然明知是在做无用功，但她很想知道老人的私房钱是怎样保管的。

公公的遗物净是些不值钱的东西，几乎让人觉得无聊。大概是年轻时买的马票和指甲钳套装，与婆婆的针头线脑一起装在点心盒里。没上过身的廉价睡衣可以给丈夫穿，至于净是毛球的衣服与满是汗渍的衬衫和内衣，都直接装进了垃圾袋。

垃圾袋的数目便是公公和婆婆一生全部的负累。奠仪袋也包在报纸里，和垃圾一起扔了。这次整理遗物时才明白，公公是个名副其实身无分文的老人。在他上衣的口袋里翻出了好几张游戏卡，公公平时散步去的地方似乎是弹子房。

公公咽气的那个宁静的夜晚，真一的眼泪并不是假的，看着他那样子，惠也哭了。可是，一旦开始整理遗物，那些也变成了遥远的过去。尽管惠接公公来家里后，一次都没给他买过衣服，连内衣都没买过，但她并不觉得自己冷漠。为公公清洗和晾晒内衣，每顿饭为公公加一道菜，在狭窄的公寓中让给他一个房间，在她看来已足够尽职尽责了。

将遗留的东西清理掉大半后，四叠半的房间再次成了真一和惠的卧室。这件事带来的唯一的好处，大概是以忙碌为由、每天招呼都懒得打的女儿，在祖父的葬礼结束后开始去上学。钱依然只出不进，似乎一刻都不打算在家里停留。不过听说在手忙脚乱地办葬礼时，真一调职的事被搁置了，惠总算松了一口气。

再过几天，这一年又要结束了。一天快到子夜时，真一浑身散发着居酒屋的味道进了被窝。今天是公司的年会。浴缸里剩的洗澡水已经冷了吧，淋浴又会感冒。惠忍着炭火、香烟和酒混合在一起的味道，用自己的小腿温暖着丈夫的脚。

荧光灯从四四方方的天花板垂下来，橙色的灯泡异常刺眼。

"喂，孩子他爸。"

真一似乎嫌麻烦，回了一句"干什么"。

"今天啊，我发现信号灯对面的超市在招计时工。"

"怎么了？"

"我在想要不要去工作。"

惠一条条说着能想到的积极的理由。每个月差不多能有五万日元收入，上夜班的话工资还会再高些。平均有五万日元收入，就能稍稍贴补一下伙食费。

"出去工作，每天还要买便当吃，不是一样吗？"

"也许吧。"

"但是啊，"惠接着说，"要是能有五千日元可以自由支配，我想再约孩子他爸去酒店。"

那像泡沫一般的两个小时，是这几年里最美的回忆。

"行吗？"

真一已经发出了鼾声。惠轻轻握住丈夫冰冷的手。

第五章 老师

"北方大地始发站"。

野岛广之抬头看了看车站悬挂的牌子。

时节已经过了立春,但风还带着寒意。在出生于札幌的他看来,这个地方只能让人联想到世界尽头,却把自己称颂为"始发站"——木古内是津轻海峡线进入北海道的第一站。

从昨天开始是春分的三连休假期。野岛独自在这座小镇上的一所高中做数学老师,已经快一年了。毕业典礼结束后,第三学期也将在下周结束。他没告诉妻子里沙这次连休要回札幌,等到春假再不紧不慢地回那个家好了。

虽说如此,但进了车站他还在犹豫,回不回去呢?妻子心里会为他出其不意回家而惊喜吗?

他并不是想确认,恐怕只是想掐灭潜藏在内心的自虐般的念头。这样想的话,大多数的行动都有了理由。

一年前,野岛的工作调动定下来时,他得知妻子竟然与她的高中班主任保持不正当关系长达二十年。正是这位班主任当初把妻子介绍给他,并欣然答应做证婚人的。此人甚至还是野岛工作的那所学校的校长,没想到如今居然成了奸夫。

"原谅我吧,求求你。"

我会和他分手的,里沙说。她哭了,但随着时间流逝,他越发感觉那是虚情假意的眼泪。从十八岁延续到现在的关系,会因为被仅仅做了五年夫妻的男人知道就终结吗?但倘若妻子出轨的对象不是野岛尊敬的人,或许过去的这一年里,他也不会如此茫然。

对方是野岛广之无论如何都胜不过的人。当初听到对方说"有个女孩一定要介绍给你认识"时,他还想,能让这个人打保票的弟子一定是……

"我看她和野岛君你是天作之合。家世人品都没问题,对方也有意,能不能先见一面?"

结果他对校长推荐的相亲对象一见钟情。当初校长如此自信地为他推荐,也是理所当然,因为这个人对她的一切都清清楚楚。

知道那件事的瞬间，他的思绪猛然跳过悔恨，四处飘浮，无处着陆。连忌妒妻子的奸夫都不行，这种可悲的情绪持续了一年，直到现在还在继续。

即便如此，两个人依然一起去道南的大沼度过了夏天，寒假中则去富良野滑雪旅行，在里沙喜欢的旅馆奢侈而悠闲地过了三天。但他始终没问出口——你和他已经结束了吗？

里沙会觉得我是个没出息的男人吧。真想告诉她，事实正是如此！

"老师。"

背后传来甜腻的声音。老师哪儿都有，不会是在叫他。野岛决定就当没听见，对着窗口说出了目的地。

"麻烦您，往返札幌的票。"

说出口就放心了，因为自己仍然打算回到这里。背后的声音越来越近，一直在叫着"老师"。没错，这声音的主人是佐仓玛丽亚，野岛做班主任的二年级 A 班的女生。

"野岛老师，用不着装没看见吧。我知道你听见了。"

付完往返的车票钱，野岛回过头。那个女生脖子上围着围巾，上半身扎扎实实地做好了防寒措施，短裙下却光腿穿着雪地靴，依旧是一副愚不可及的装束。

"用不着那么一脸厌恶吧？要回札幌？回得真勤啊。"

佐仓玛丽亚从野岛身旁走过，告诉窗口里的人"到函馆"。

野岛上了下午五点十三分发车的超级白鸟二十五号，在窗边的座位坐下。窗外一片漆黑。这时，放在过道一侧座位上的手提包忽然被人拿了起来，他慌忙抬起头，原来是玛丽亚把他的包放到了行李架上，自己在旁边坐下了。

"别的地方还有座位吧？"

野岛看了看四周，结果发现窗边的座位全满了，只有过道一侧剩了几个座。

"那也用不着坐我旁边吧。"

听到这句话，玛丽亚压低声音说："我是女高中生啊。社会这么乱。"

"这不是你该说的话吧？"

"什么意思？"

"你在旁边才更危险。"

玛丽亚"哦哦"地莫名其妙地感慨着。学年末考试，她的成绩在三十八个人里排第三十五，可这个傻瓜还为刷新历史最好成绩而狂喜。现在看来，她脑袋依旧转得慢。她似乎不打算换座位，短裙下露出的大腿苍白得如同血流停滞了，膝盖黑乎乎的，都起了白屑。

"老师？"

一听到这甜腻的说话方式，野岛就头痛。得知他教的科目她拿了全年级最低分时，他连火都发不出来了。她想报考札幌的美容学校，野岛班上有相同志愿的女生一共五个人，占全体女生的四分之一。听教导处说，在那个领域，即使顺利入学也会有很多人掉队。这个班升上三年级后，野岛还要继续带，所以还要奉陪佐仓玛丽亚一年。他对玛丽亚的询问回以一声叹息。

"过分啊！我有事想跟你说。"

"别在火车上叫'老师'。"

玛丽亚摩挲着赤裸的大腿说了句"惨了"。惨了的应该是我才对。野岛无奈地从车窗移开视线，用右手示意她轻声些。

"从今天起，我就是无家可归的女高中生了。"

佐仓玛丽亚的父母在车站前经营一家名叫"CHERRY"的咖啡店。野岛在等火车时进去过一次。如果对学生状况调查表了如指掌的话，便不会进去了。

CHERRY的混合咖啡很淡，不合野岛的口味。这种轻食咖啡店能够在小镇上经营下去，就表明生意很稳固吧。从店铺的格局就知道这家店是依靠一定数量的熟客在维系。说白了，就是头一次去的客人会觉得不太舒服。

"笨死了。在函馆开居酒屋的弟弟，啊，是我爸的弟弟，说什么要扩大店铺，借了五百万的债。不过是一盘鱼卖五百日元的居酒屋啊，用五百万装修店面，要收回成本，你想得花多久？我数学考试从来没得过两位数的分数，都懂这个道理。一个大男人，名字却叫小满，真是个傻瓜透顶的弟弟。明明只会算蝇头小利，却满嘴大话。我妈也一直很讨厌他，说他就是个投机倒把的。不过，是表面上装得很讨厌吧。"

玛丽亚左一句右一句，东拉西扯没完没了，让人厌烦。五点五十分，她才终于说到了结论。还有几分钟就要到函馆了。

"听说我爸必须替那家伙还债。结果我妈昨天忽然收拾东西走了，你猜和谁一起？就是那个欠债大魔王小满哦。真行啊。被迫给弟弟还债还不算，连老婆也跟着跑了，搞得我爸不太正常了。我想着先躲躲，就去了学校。和满脸阴沉的老爸一起待一天可受不了。没想到今天从学校回到家，店里和家里都上了锁。后门的锁眼松动了，我抬起卷帘门进了家，结果发现我爸竟然也走了。整个房子里就像进了贼一样，存折和现金什么都没了。你不觉得可笑吗？"

有乘客开始从架子上往下拿行李。玛丽亚的视野中似乎完全没有喧闹的车厢。野岛也从座位上欠起身,扭过身子,好不容易把包从架子上拿了下来。

"老师,你在听吗?我的话你在认真听吗?"

"不是说过别再这么叫我了吗?"

列车缓缓驶进函馆站。野岛必须换乘旁边站台的北斗十九号。离发车还有三十分钟。

玛丽亚满不在乎地聊着现状,那开朗的语气甚至让人怀疑她口中的事是不是真的。女学生那些深重的烦恼,野岛向来是打六折听的,但佐仓玛丽亚的话,老实说实在搞不明白哪里是六折的分界线。

"连休结束后,我去找你父母谈谈。你今天就乖乖回家吧。"

"回去了也没有人在。都说了事情很严重啊。"

野岛无言以对,但还是拎着包,低头看着座位上的玛丽亚。

"老师,你在生什么气?"

"没生气。别再这样喋喋不休地说话了,面试的时候会被当场刷下去的。"

"我哪里还顾得上面试。"

"总之,你今天先乖乖回家。连休之后我去家访,这样行了吧?"

姑且说了句老师该说的话，野岛便踏入过道，被挤下了火车。

北斗号上的指定座席也是靠窗。从木古内能买到窗边的位置，也就是说旁边或许没人坐。野岛刚刚安心地叹了口气，就发现佐仓玛丽亚紧贴在车窗上，嚅动着嘴角在叫"老师"，吓得差点跳起来。他看到了她虎牙里侧的虫牙。

他想起里沙每四个月检查一次牙齿，做一次牙齿美白，从不间断。

结婚半年前，得知野岛三年都没去看过牙医，旦沙马上预约了医生，让他把所有的虫牙都治一下。

"健康从嘴巴开始，这样怎么行？"

野岛心想，简直就跟老妈一样。可她的母性却让他觉得甘之如饴。

"你和校长是什么时候开始的？"

"高三。"

里沙用平淡的语气回答，涂了唇彩的嘴唇闪闪发亮。野岛撞破了妻子和校长的关系，倒像是做了更坏的事，到现在依然无法从那罪恶感中解脱出来。

玛丽亚用拳头咚咚敲着玻璃。野岛从包里拿出读了一半的文库本,是一本里沙讨厌的暴力小说。主人公始终生龙活虎,让人无暇思考麻烦事。他正看到主人公扮成侦探前去某地,在那儿后脑勺挨了一下晕了过去,这一页上夹着书签。

车内广播响起后,站台的风景开始缓缓向后流逝。旁边的座位似乎没有人坐。野岛刚要把脚边的包放到邻座上,却来了人。野岛看了一眼窗上映出的乘客,直想咂舌。玛丽亚在那儿坐下了。野岛闭上眼睛,过了几秒猛地睁开,眼前坐着的还是玛丽亚。

"你不是说要去函馆吗?"

她大言不惭地"嗯"了一声,然后说:"还有好多话想跟老师说,嘿嘿。"

她似乎觉得只要句尾加上"嘿嘿",任何事都能得到原谅。野岛又说了一遍"别再那么称呼我",将视线落回文库本上。

过了五棱郭,乘务员来查票。将票恭恭敬敬地还给野岛后,乘务员冲他一笑:"这位的车票?"

"佐仓,你的票呢?"

"没票。"

"没有就买啊。"

"佐仓没有钱。大哥哥，求你了。"

为什么忽然从老师变成了大哥哥？"佐仓"不是名字，是姓啊①。乘务员和玛丽亚的脸上同时浮现出让人不舒服的微笑，看着野岛。他从钱包里拿出钱，买了玛丽亚的车票和座席指定券。

"谢谢您。"

乘务员走向后面的座位。玛丽亚笑嘻嘻地拿着便携售票机吐出来的车票。

"你知道吗，正因为姓'佐仓'，我家的店才叫'樱桃'。"

"不知道。"

野岛又将视线落回文库本上，如此说道。玛丽亚沉默了，直到十分钟后野岛同她说话才再次开口。静倒是静下来了，但每次翻书，鼻尖都会飘来奇怪的味道。野岛看了看周围，压低声音问：

"佐仓，你不觉得臭吗？"

"什么样的臭味？"

"从刚才起，就有种像烂韭菜或纳豆那样的臭味。"

---

① 日本年轻女孩常以名字自称，"佐仓"（SAKURA）的发音与常用女孩名"樱"（SAKURA）相同。下文的"樱桃"（SAKURANBO）也是发音相近。

隔了几秒后,玛丽亚拍着手笑了。

"啊,知道了知道了。你说的可能是这个。"

野岛看向她指的地方——玛丽亚竖起了雪地靴的靴尖。

"一个冬天天天穿嘛。大概因为这车厢是从脚下供暖吧。不过,有那么臭吗?"

"特别臭。"

"唔,怎么办呢?"

"你去自由席吧。"野岛毫不犹豫地求她,"你也替我想想啊。到札幌的三个半小时都必须闻着这种臭味,这味道可不像是人发出来的。不好意思,你换个车厢吧。"

"好。"

玛丽亚干脆地离开了座位,野岛松了口气。不过只有一转眼的工夫。过了大概十分钟,她便再次回到座位上,脚上从雪地靴换成了绿色拖鞋。她指着自己光脚穿着的冷冰冰的拖鞋说:

"和乘务员说明情况后,他们借给我的。JR 的乘务员真热心啊。"

"你把靴子放哪儿了?"

"乘务员室。我说给周围的人添麻烦,他就装在塑料袋里帮我保管了。"

"你为什么要坐这趟火车?"

野岛决定不去考虑乘务员室的情形。玛丽亚似乎没有明白这个问题的意思,于是野岛又一字一顿地问了一遍:"你不是去函馆有事吗?"

啊,那件事。玛丽亚笑着的嘴角中,虫牙若隐若现。

"我想,去工作的地方见习一下,应该算是向前看吧。"

"去工作的地方见习?"

"今后要一个人活下去的话,还是只能找晚上上班的工作吧。"玛丽亚想了想该怎么说,"所以我想去薄野①。"

夜晚的车窗像镜子一般映出车内的景象。

"我不想上学了,想去薄野做陪酒女郎。"

她的指甲不是刻意留长的,而是长时间没有修剪。一股邋里邋遢的味道,原来是那件学着别人的样子改过的制服发出来的。不仅是雪地靴,她厚厚的灰色羊绒短大衣也散发着异臭。无论是在教室里还是在火车上,为什么会有这么臭的女高中生呢?盘起头发在薄野昂首阔步的陪酒女郎,怎么都无法和佐仓玛丽亚的形象联系到一起。

---

① 札幌市著名的风月区。

"我觉得最好还是上完学吧,即便是要去当陪酒女郎。"

"老师,你说这种话,真不知道到底像不像个老师了。"

"我觉得比你的答题纸好懂。"

玛丽亚难得叹了口气,小声说:"把空格填上不就挺好吗?"

别人的家事,旁人无能为力。曾经有学生因为心脏方面的疾病无法上学,最后退学了。如果是金钱问题,答案反而简单。如果自己愿意,仍然有靠奖学金上完最后一年这条路。

想起休假结束后面临的麻烦,野岛轻轻叹了口气。无论对象是学生还是他们的父母,想与人打交道,就要做好精神准备。

里沙和班主任的关系持续了二十年,听说起因也是她去找老师商量退学的事。她说那是为了反抗父母,抗议他们认为女儿必须继承父母的职业做医生。

"当时我只是想,要是根本不学习,从而被学校劝退的话,他们就会明白了。但那不过是愚蠢的撒娇罢了。"

"就是他严厉训斥你的?"

"嗯。父母只会和我吵架或是大吼大叫,根本不想和我好好谈一谈。"

在班主任的劝说下,里沙再次开始努力学习,目标是成为和他一样的教师。然后过了十五年,她决定在这深厚而平静的关系旁摆上一个不会显得不自然的陪衬——丈夫。假如这也是里沙的决定,那自己这个男人到底算什么呢?

"愚蠢的原来是我吗?"

他绝不认为那个人要把多年的情人拱手让给自己,然后全身而退。

自己是个毫不起眼的数学老师,没有出人头地的欲望,被调去环境稍微好一些的高中就欣喜若狂。把这样的男人放在里沙身边,今后的交往也会更方便吧。如果这就是那个人的盘算,也的确说得通。

那个人从一开始就没有担心过里沙会对他动心吧。这个男人发觉妻子偷情,也不会大动干戈——校长正是看中了野岛的胆小怕事。

还有十分钟到札幌时,野岛对跷着腿、将拖鞋在脚尖上晃来晃去的玛丽亚说:

"佐仓,我觉得你当不了陪酒女郎。"

"为什么?"

"你不是能在那种工作上成功的人。"

那什么样的人能成功,她问。

"执着、天不怕地不怕,骗人还能堂而皇之给出理由的女人。"

他把"而且要是美女"这句话咽了回去。

到达札幌是十点,列车晚点三分钟。野岛立刻走向前往真驹内方向的地铁站。周五晚上哪里都是人,地铁也有些拥挤。野岛趁玛丽亚去乘务室取雪地靴时下了火车,他可受不了再陪她去参观夜总会。

快到中岛公园站时,过了大通站便涌上心头的可悲的罪恶感开始萌芽。丈夫没有说一声就忽然回来,妻子会以怎样的表情相迎呢?野岛想起几个小时前在木古内车站徘徊时的情景。

她会笑脸相迎,还是会问他突然回来的理由?

野岛的想象只有这两种,没有模棱两可的想法。他并不期待会出现前一种情形。

他再次被校长和里沙交往的二十年岁月压垮了。在这个牢笼里,他是彻头彻尾的局外人。

野岛的住处从中岛公园步行五分钟即可到达,在一幢地段无可挑剔的高层公寓的八楼。应该是在这里的。他拖着沉重的脚步走在被雪掩埋的柏油路上。假如整幢公寓都消失的话该多好,但这种想象只是徒然。距离大楼越来越近,野岛心中的后悔和罪恶感也越来越强。为何今晚要回来呢？

他在距离公寓入口还有三十米的地方停下脚步。几乎与此同时，一辆黄色的出租车停在了门廊那儿。明晃晃的灯光下，从车上下来的人正是里沙。原以为她会直接进去，里沙的右手却伸向了车后座。她心爱的白色羽绒服的下摆乱了。

被妻子的手拽着，缓缓地从出租车上下来的人，正是那位校长。里沙付了出租车钱。车门关上了。校长是位身材魁梧的国语教师，喜爱登山和弹钢琴，每次在年会上一定会表演两三支曲子。他不弹奏古典乐曲，而是弹奏日本或欧洲的流行音乐。不管是谁安排，年会一定去钢琴酒吧续摊。校长最拿手的是来生孝夫的曲目，一定会有人点《Goodbye Day》。要是边弹边唱的话，女老师们会连眼神都变了。

野岛躲在微暗的灌木丛后面，茫然地看着这两个人的身影。从大门看向这边的话，只能看到一片漆黑吧。在这种地方琢磨着角度和死角的自己真可笑。

校长抬头看了看高高的公寓。里沙的手绕上了他的手臂。不久，两个人的身影消失在楼里。

"老师。"

野岛闭上眼睛。是幻听。一定是幻听。

"老师。"

他转过身,背朝着两个人消失的公寓,看到玛丽亚站在眼前。

"夜总会呢?"

"那就是老师的公寓?"

"你来干什么?"

玛丽亚噘起嘴,一脸不高兴地表示不该这么说吧。野岛实在不想在这种地方和穿着臭雪地靴的女高中生说话。他绕开玛丽亚,沿着来时的路往回走。

"喂,老师,你为什么不回家?"

"吵死了!"

他穿过地铁站,一路走到薄野。玛丽亚跟在后面。对她虽然也有焦躁和厌烦,却冲淡了脑海中挽着校长的妻子的脸。

就这样渐行渐远了吧。一切都在他碰触不到的地方变化、舍弃,或者是被舍弃。找出所谓的"坏人"肯定有助于平复心情,但那么做了又能怎样?

憎恨别人需要庞大的能量,这句话是谁说的呢?野岛的能量现在都耗费在找今晚住的地方上了。他拿出了手机,却从来没有用手机上过网,无奈只得求助玛丽亚。

"喂，用你的手机查一下商务酒店的电话号码。"

"哦。"

玛丽亚拿出挂满坠饰的手机，屏幕上迅速显示出札幌的商务酒店。

"哎，给你。"

薄野附近的酒店列出了一长串。问到第三家，终于订上了房间。

"请问有两个单人间吗？"

"不凑巧，单人间全住满了。双人间的话，倒是马上就可以入住，您看可以吗？"

这是三连休的前一天，错过这家酒店的话，或许今晚就无处栖身了。野岛蓦地看了一眼玛丽亚。

"没关系，那就麻烦您订个双人间。"

"老师，谢啦！"

这是一家位于薄野尽头的老商务酒店，入住手续是野岛独自办理的。穿校服的女生从前台的死角跳进了电梯，虽然监控摄像头应该还是能看到，但前台也不会来询问。狭窄的空间里，仿佛又飘来了雪地靴发酵的臭味。野岛无意中屏住了呼吸。

在617房间的门把手上插入门卡，绿灯亮了。是针对什么亮起的绿灯呢？他觉得这样质疑一切的自己很凄惨。

现在那两个人也许正在开红酒瓶的软木塞吧。就算是当作对他们的讥讽，这样也太不堪了。野岛并不觉得和佐仓玛丽亚投宿廉价酒店的行为与妻子的不忠是一回事。

天花板很低的双人间里，绝大部分空间都被那张床占据了。玛丽亚在床靠窗那一侧坐下，说了句"冷"。野岛调高了空调温度。远处响起金属碰撞的声音。等到声音渐渐远去，温度停在了二十五度，比一开始仅仅调高了两度。

"你不是要去夜总会吗？"

"直接去觉得害怕。先和老师以客人的身份去看看，这样从流程上来说更好一点吧。"

"去了那种地方，我的工作就要丢了。别把我卷进去。"

"而且已经这么晚了，肚子也饿了。可以的话，能不能让我留宿一晚？"

"想在这儿睡的话，就找地方把雪地靴扔出去。"

"不行啊，那样明天就没得穿了。我把它这样放，别计较了。"

玛丽亚从厚厚的羊绒短大衣口袋里拿出塑料袋，把雪地靴装了进去。

"袋口系上两层。"

"又不是厨房垃圾。"

"厨房垃圾还好些呢。"

再发酵下去可受不了。确认系了两层后,野岛把鞋拿到了暖风吹不到的地方。

他从里面锁上门冲澡,穿浴衣的声音窸窣作响。现在里沙或像里沙那样的女人在聊什么呢?硬把想回家的男人从出租车上拉下来的女人,真是他的妻子吗?越是想否定,眼前越是清晰地浮现出两个人挑选的室内装饰的样子、杯子的形状和床毯的图案。

出了浴室,野岛看到玛丽亚穿着大衣盘腿坐在床尾,夸张地猫着腰,盯着手机屏幕。从冰箱里拿出来的什锦坚果已经空了,只见她的大拇指忙个不停。野岛说"我的事一个字也不许写",她抬起头回了句"知道"。声音十分干涩,没有掺杂一丝感情。

"我父母连一条短信、一个电话都没来。"

"那也不代表两个人都不回家吧。"

玛丽亚摇摇头。

"我已经不想回去了,看清了一直被称作车站前鸳鸯的那两个人的真面目。你能相信吗?那两个人终于逃离了生意和家人。欠债不过是离开那里的最合适的机会。"

野岛只能说些"经济问题很重要"之类的空话。玛丽亚的视线根本没有离开过手机屏幕。

"那两个人连我都不要,就这么逃走了。父母都逃掉的话,我觉得自己也可以逃。"

玛丽亚说,这件事让她从小就有的疑惑像俄罗斯方块般发出声音,然后消失了。

"小心眼的男人和精打细算的女人,如果不大秀恩爱的话,也不可能在那种地方把咖啡店开下去吧。他们听着客人的烦恼,为了保住四百日元一杯咖啡和五百日元一份午饭的生意装作很和睦,这不就是伪善吗?"

她的声音不再甜腻。

"原本就不是和睦的夫妻啊。"

野岛并不觉得玛丽亚像她说的那样,被一家离散推入了不幸的深渊。在教室中叽叽喳喳的女生里,玛丽亚总是待在正中间。开朗的玛丽亚,笨拙但阳光的玛丽亚。

她用野岛从没听过的冰冷的声音说:

"我无法原谅自己身上流淌着那两个人的血。"

"你这想的都是什么和什么啊。才十七岁,说话别像对人生大彻大悟一样。"

"老师你看到的将来,与我昨天和今天看到的绝对不一样。"

干脆大声哭出来多好。野岛从玛丽亚身上移开视线。

"老师到现在为止,一次都没想过死吗?"

野岛第一次懊恼答不出学生的问题。

玛丽亚冲过澡后,穿着浴衣胡乱换着电视频道。她不时伸手去拿手机,但父母似乎依然没有联络她。

马上就到十二点了。玛丽亚枕在枕头上,喃喃地问道:

"老师,你为什么不回家?"

"要问这么麻烦的问题就出去。"

"难道是回家恐惧症?"

径直回家的话,等待他的一定是非同一般的战场。非要说在恐惧什么,也只有这件事。他不是害怕回家,而是害怕在回去的那一刻,被告知这个家已经不是自己的了。

双人房的床之间没有缝隙。因为房间太狭小,所以仅仅调高了两度便暖和起来。他点亮床头灯,摊开文库本,想把里沙从脑海中赶出去。

故事进行到主人公被关在黑社会的地下室里。暴力和性,颓废与打斗。那是他在现实中大概一生都无缘目睹的世界。

野岛不喝酒，也没有特别的嗜好。既不看博客也不写博客，从没在工作之外用过电脑。作为反抗，他也只是读读妻子讨厌的暴力小说，但从不当着她的面翻开这种书。如此说来，这是一个多么无趣的男人啊。他也有自知之明。

主人公双手被缚，腹部被敌人用膝盖撞了一记，跪倒在地，头上被浇了一桶水，嘴唇也破了，这个男人说：

"杀了我啊！有本事把我杀了！"

什么死啊活啊的，这些人在说什么傻话？铅字开始摇摆，渐渐模糊。野岛闭上眼睛，发出呜咽。

感觉玛丽亚在床上站起身。电视里播放着歌曲节目，不知道是谁在唱，甚至连是不是一首歌都不知道。

"老师。"

妩媚的声音传来，野岛睁开眼睛。玛丽亚解开了浴衣，赤身裸体地对着他。她的身体还没有曲线，但脱掉校服后，手脚都令人吃惊地纤长。没有起伏的身材和瘦削的大腿让腿部显得格外修长。那远远说不上成熟的裸体，让人联想到硬邦邦的塑胶模特。

她又变回了平时的玛丽亚，说话声甜到腻人。

"作为对今天的感谢,地地道道无家可归的女高中生来奉陪您。您要是不信的话,我还有学生证哦。"

"给钱也不要。"

"为什么?我在函馆经常被大叔搭讪呢。"

"又不是我。你这纳豆臭脚还是饶了我吧。"

"啊?我好好洗过了!"

每月只做爱两次,还要看里沙什么时候方便。假如她说一年只能一次的话,自己或许也会答应。如果她说不想,自己就默默地睡觉。一切都依照她的节奏,看她是否方便,是否愿意施舍。这就是借来的女人。

倘若不是在那间公寓亲眼看到她和校长的"现场"的话。

谁能想到呢?那天他竟然提前结束了出差回家。还是不知道更好吧。究竟有没有哪件事是知道了更好的?这一年来他问过自己多少次,但都没有答案。

"您要恪守对太太的情意?太帅了!"

漫长的沉默后,玛丽亚这一次没有拖长音说话,而是道了歉:"对不起。"

不知何时,这个少女踏进了他毫无防备的心房。然而可悲的是,他想不出什么漂亮的词句。

他的呜咽比方才更猛烈了。玛丽亚系上浴衣，扑通一声坐下。野岛泪眼模糊，分辨不清那是谁的轮廓。

"老师，你是不是有什么事？"

"我看到了。"

"什么？"

"我看到我老婆和上司偷情了。"

"哇！"只有这时，玛丽亚用滑稽的声音发出感慨。

"好厉害，简直像那种两小时电视剧一样。"

"据说两个人交往已经有二十年了。那个人是给我们做媒的校长。当初他说要给我介绍一个非常般配的女孩，见面后，我马上就决定和她在一起了。当年她是个看起来无可挑剔的女人，她答应和我在一起的时候，我想一辈子好好珍惜她。可是……"

玛丽亚接过野岛的话茬。

"那就是执着、天不怕地不怕，骗人还能堂而皇之给出理由的女人啊。"

打破沉默的，是某个从没听说过的乐队的曲子。

"老师，你一直被执着又天不怕地不怕的女人骗啊。"

没错。求求你别再说了。

"不过呢，那不正符合你说的陪酒女郎的定义吗？那种女人不值得哭着懊悔。"

脑子蠢笨的玛丽亚却用了"定义"这种词,很可笑,野岛笑了出来。

"我也不要和哭着想老婆的男人做。"

关掉电视后,玛丽亚说了一声"晚安"。

"晚安。"

野岛发现把安眠药落在了火车上,于是干脆不睡觉了。

他关了枕边的灯,门口的应急灯映在镜子里,很耀眼。

看了看旁边,玛丽亚只在毛毯上盖了一层寒酸的白被子,被子沿着身体的形状隆起。她胸部没有凸起,腰椎下伸开的腿似乎占了身高的一半以上。玛丽亚注意到了吗?她的短裙和雪地靴掩盖了这双腿的美丽。她刚才还说着死啊活啊的嘴唇紧闭着,长长的睫毛纹丝不动。规律的呼吸声和空调运转的声音重叠在一起。

应急灯的光亮汇聚到她的脸颊上,像还青涩的白桃一般光彩熠熠。

这个人睡得也太好了吧?

野岛不知何时面颊微微上扬,笑了。

第二天清晨八点,野岛被里沙的短信吵醒。手机的待机画面是两个人在富良野拍的照片,照片上穿的滑雪服是里沙送的礼物。笑容耀眼的女人,在那个不起眼的男人旁边摆出 V 字手势。是胜利的 V 吗?你赢了,里沙。

来的是条特别滑稽的短信。

"刚才看电视说,道南一大早就下雪了,冷不冷?三连休是学年末的最后冲刺吧?我现在也渐入佳境。虽说有点突然,不过春假要不要去哪儿旅行?海外也 OK♪"

他关掉了手机屏幕。这时,脑袋像座敷童子①的玛丽亚忽然坐起来了。

"早啊——"

"早。把莫名其妙地拉长句尾的毛病改了。"

"好的。"

玛丽亚的手机直到早上也没有父母的来电或短信。

"打不通了。拒接来电,两个人都胆子好大啊。"

她笑着把手机扔到床上,上面挂的手机链有点脏。

在札幌站的星巴克吃过早饭后,两人站在西侧检票口前,

---

① 日本传说中一种外表像小孩的妖怪,发型是娃娃头或者披散着头发。

看着刚开始的三连休假期中涌动在车站里的人潮。有拖家带口一脸疲惫的人，睡眼矇眬的人，老夫妇，还有不属于其中任何一类的他们。

检票口上方的电子屏上接连显示着目的地。口袋里有去木古内的车票。野岛看着显示屏使劲叹了口气，旁边的玛丽亚抬头看着他。

他从口袋里拿出车票。札幌－函馆、函馆－木古内。

给玛丽亚买张到木古内的车票，两个人坐不同的车厢就可以了。

可是野岛的脚一步也没有迈出去，像被钉子钉住了一样动弹不得。

无数人被检票口吸进去又吐出来。在野岛看来，那些人有资格在连休结束后，像什么事都没发生过一样回到日常生活中。他却无法进入那人流，渐渐地，连日常在何处都弄不清楚了。

"老师你看到的将来，与我昨天和今天看到的绝对不一样。"

昨晚玛丽亚说过的话从内心深处一口气涌到了嗓子眼。

"佐仓，说不定是一样的。"

如果真的把这句话说出来，仿佛就会被她身上的黑暗直接拽进去。野岛摇摇头。自己已经被这个女人抓住了右手，就像昨晚看到的校长那样，被拽离了日常生活。

喉咙渴得厉害。

显示屏上的目的地换了一轮后，玛丽亚开口了。

"老师，你怎么了？不舒服吗？"

"没有，不要紧。"

"今天是三连休的第一天啊。"

"嗯。"

"去哪儿吧。"

"和你两个人能去哪儿？"

"我们没地方去吗？"

野岛再次默默抬头看着显示屏，看了好几分钟，无意识地寻找着目的地。

去往旭川的超级神居号和去往道东的超级大空号的车次信息同时出现在屏幕上。上下车的人潮告一段落时，玛丽亚说话了。

"老师，你好可怜。"

"可怜？"

"嗯，特别可怜。"

野岛自我嘲讽地笑了,竟然让无家可归的少女说自己"可怜"。

"是吗?我很可怜啊。"

"嗯。"

飘浮了很久的心忽然看到了着陆点。野岛轻快地迈出右脚,去绿色窗口买了两张去钏路的车票,把其中一张递给玛丽亚。

"钏路?"

"嗯。我还从来没去过道东。"

那好像是所有线路里终点站最远的地方。野岛快步穿过检票口。玛丽亚不跟来也不要紧,就算不一起去,她指给野岛的着陆点也不会动摇。

"老师,等等我!"

等玛丽亚追上来,野岛再次迈出了脚步。

第六章 看星星

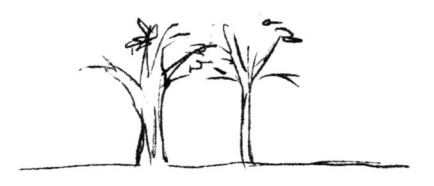

十月的清晨，道路两旁的树木都染上了秋色。御子走在通往皇家酒店的砂石路上。她沿着一条平缓的路用二十分钟走上第一个斜坡，再用十分钟走下来。下到坡底，路分成了两条，一条是国道，一条是继续上坡的羊肠小路。御子走向小路，看着脚下的砂石花了十分钟走到坡顶。一上坡顶，便能看到那座白色古堡造型的情人酒店。

出了家门后，走第一个上坡时，御子想的是自己生过的三个孩子，下坡时则想着有这个数目两倍的流掉的孩子。

御子当上皇家酒店的保洁已经快五年了。此前，她白天在农园的塑料大棚打工，那家人被迫放弃农田后，她便无处工作了。社会上吵嚷着什么泡沫和经济形势大好，却还没到御子这里就破碎了。那是同泡沫别无二致的另一个世界的庆典。

最近也没有人家忙着迎来送往，需要请保姆。愿意雇用年近六十的御子的地方，只有距离她家两公里的皇家酒店。

"御子，腰都弯了。"

和歌子在坡下向她打招呼。这是御子在农园打工时结识的同伴，正是她介绍没地方干活的御子来做酒店清洁工的。

御子停下脚步，等着和歌子追上来。被她说腰弯了，御子便略微直了一下腰，结果脊椎正中间一阵刺痛，但换回轻松的姿势后就不再痛了。

"从后面看，完全是个老婆婆喽。你得把腰挺直了。"

四十八岁的和歌子每天早晨精心化好妆才出门。而御子自打生下来就几乎没护理过皮肤，早晚只是用湿毛巾擦擦脸而已。

也许因为总在外面干活，御子皮肤黝黑，但不知是不是底子好，圆圆的脸倒很光滑。眼角如同乌鸦踩过的脚印，不过额头和面颊上都没有太深的皱纹。真要说起这个，每天一心一意做好防晒的和歌子反倒满脸细纹。

对御子来说，把清扫酒店的工钱一半都用在化妆品上更让人震惊。她每天起早贪黑地干活，只吃三个饭团，每月能赚十万日元多一点。忙的日子要打扫到半夜十二点，闲时则七八点就让回家了。

与只上白班、下午四点下班的和歌子不同，哪怕只有一个小时，御子都想多赚些钱，所以她从上午九点开始，白天晚上连轴干。虽然要扣除中午和晚上两小时的休息时间，但是不需要到处跑，身体很轻松。

长年在田间劳作，御子的腰不知不觉已经弯了，四十多岁时还镶了八颗前牙。除去这两点，只看脸的话，很难说御子已经六十岁了。

"腰这个样子，你年轻的老公会失望的。"

和歌子把自己当成比御子小不少的很自立的妹妹。她提到了御子年轻的丈夫。丈夫比御子小十岁，这件事无论去哪儿工作都必定成为话题。御子出生于战前，在那个年代，这样的夫妇很少见。

御子和从大间镇漂流来的渔夫山田正太郎相遇时，她三十五岁，正太郎二十五岁。那个时候，曾经高度增长的经济已趋于平缓，崭新的时代刚刚降临在这个港口小镇。

正太郎是金枪鱼渔夫的儿子，还不清父母欠下的债，只好顺着北海道的海岸线一直向东漂流，在钏路上了捕捞秋刀鱼的渔船，然后认识了在同一个渔港分拣鱼的御子。

正太郎让中学毕业后一直从早到晚忙个不停、已经三十五岁的御子成了女人。他四十岁前都在渔船上，后来因为船员间的争执伤了右腿的肌腱，才下了船。两个人住着御子父母留在山沟里的房子。正太郎这十年都没有外出工作，说一想到工作，就头痛得厉害。

两个人的长子已经二十四岁，次子二十二岁，小女儿二十岁，但都在中学毕业后就离开了家。只有老二还有音讯，他去给瓦工当学徒，去年自食其力从札幌的高中夜校毕业。剩下的两个人在哪儿，过得怎么样，只靠着二儿子每年年末往御子工作的地方打来的电话，根本就不清楚。

但是御子从没担心过这几个一奶同胞的孩子的关系。人和人之间就算一时闹别扭，有一天也一定会化解。这是死去的母亲教给她的。

御子也有一个弟弟和一个妹妹，但自打家中的地卖光后便音讯全无。御子没有电话，只能通过工作的地方联系。她曾拜托经营农园的人，要是有谁联系自己，麻烦把新工作地点皇家酒店的电话号码告诉对方。但这五年里除了二儿子，谁都没和她联系过。大家一定各有苦衷。这么一想，心里就能痛痛快快地释然了，这也算是亡故的父母赋予御子的秉性。

"御子，你为什么总是这么笑眯眯的？"

"我在笑吗?"

"嗯,总觉得眼睛像大象先生一样在笑。看到苦命的御子在笑,我就想自己的道行还远远不够啊。"

但御子根本没有笑的理由。她既没有意识到自己在笑,也没遇到或想到什么有趣的事。

她每天早晨八点离开家,沿着两公里的山路默默走向工作的地方。若是在砂石路上摔倒,膝盖就完了,所以她每天光顾着小心不要摔跤。她知道苦命人这个词与自己如影随形,却不知道什么是命苦。是默默工作算命苦呢,还是有个不干活的老公算命苦?只有这件事,大家总是遮遮掩掩不告诉自己。

身体暖和起来了,御子在半山腰把大衣脱了下来。花哨的黄莺色棉服,是老板娘琉璃子不要了给她的。衣服是 L 码,很大,大到袖子遮到了指尖。因为是冬天穿的,御子就感恩戴德地收下了。

小镇边上建了一家大型超市,琉璃子喜欢那儿的大减价。订报纸也是为了要里面夹的广告。她买过只穿了一次的外衣、花哨过头的 T 恤、尺寸不一的袜子等,她买失败或者穿腻了的东西,都扔给了打工的和歌子和御子。

便宜自有便宜的道理。尽管买的东西常让上高中的女儿雅代看不上，那个女人也戒不掉这浪费半天去大减价卖场淘货的习惯。

"我说——"上到坡顶时，和歌子说道，"皇家的老板娘和K咖啡的送货员关系很好，你知道吗？"

"不知道啊。"

"不是有个每月月中和月末来送货的年轻人吗？有点端着肩膀，皮肤很黑的那个。"

御子试图回忆起负责给酒店冰箱的饮料补货的年轻送货员，但完全没有印象。和歌子的话串起踏在砂石上的脚步声，轻盈地划过耳畔。

"前些日子，我看见他们俩在办公室打情骂俏。站着说话也用不着身体黏在一块吧？老板每天大清早就奔向游戏厅，老板娘一天到晚自己闷在办公室里，要是没有偶尔的大减价或者对男人的期待，那怎么受得了啊。人果然不是有钱就能幸福。不过这种事跟我们是无缘啦。"

御子担心的是，一旦琉璃子和老板离婚，今后就拿不到旧衣服了。不管怎样，御子都打心眼里希望他们好好过。

"夫妻俩一晚上就好了，不要紧的。"

"说什么呢，我们家老头子才五十，那种事都早就没了呀。

老板都快六十了吧。老板娘才四十多,要是露馅儿,事情就大了。"

和歌子的老公和正太郎同岁。笑够了的和歌子注视着默默前行的御子。

"喂,我说错什么话了吗?"

"没有啊,你什么都没说。"

御子开始在皇家酒店工作后,才知道世间大部分夫妻并不是每天都亲热。

她现在依然记得当时同和歌子的对话,那是两个人进房间打扫的时候说的。

御子负责清洁浴室,和歌子负责清洁床周围,两个人一起擦电视和冰箱,最后再用粘毛滚筒粘一遍地板上铺的东西。这就是扫除的流程。

"这间客房的客人,是总来的那个红蝮蛇①呀。你看这床单脏的,一下就知道啦。真是的,以为付了钱弄多脏都行。你看啊。"

和歌子给御子看换下来的床单。上面分不清是女人还是男

---

① 指红蝮蛇饮料,有滋养强壮的功效。

人的体液，斑斑驳驳好几大块。那冲鼻的异味，无论哪个男人的几乎都一样。

和歌子说，清扫单据最下方写的车牌号是一样的。那位客人一定会喝完红蝮蛇和可乐再走，和歌子擅自给他取名叫"红蝮蛇"。

"三天一次啊，御子。不知道他是干什么的，但没钱的话不可能每次都上酒店吧。三天一次，大白天就喝着红蝮蛇弄脏床单。虽然不知道是谁，但生活真让人羡慕。我也想偶尔在不用打扫的房间里尽情做一做啊。"

"三天一次算多吗？"

"当然多了！你看脏成这样，十足的变态！"

和歌子尽力瞪大小小的眼睛，说道。御子笑着附和了几句"是吗"。她想起每晚都将内裤里的东西弄得大大的等待妻子归来的正太郎，腋下流出了冷汗。

和歌子忽然停下脚步，指向林子那边。

"山上的叶子红了这么多。"

"啊，真的，忽然就冷了。今年的叶子红得真早。"

酒店大楼的砂石路另一边是平缓的丘陵和树林，再往前有一座小山。

母亲留下的房子是一间只有澡盆的破屋。延伸到山脊那边的土地，听说多数都是死去的父亲开垦的。御子上小学前，他就死了，母亲把土地一块块卖掉，供孩子们上完中学。小镇比父亲预想的更靠近河流的下游和海边。辛辛苦苦开拓的土地因为气候寒凉，农作物生长艰难，经营畜牧业又变数太多。

从老大开始，三个孩子的脸一个个浮现出来。无论是新年还是盂兰盆节，他们一个都不回来，这样已经多少年了呢？

两个人呼着白气从便门进了酒店。一楼是办公室，二楼是老板夫妇上高中的女儿的房间。一家人的生活起居几乎都在这大约十叠大的办公室里。

小厨房里，琉璃子穿着睡衣正在洗脸。两个人问了早上好，进了工具间，查看贴着清扫单据的白板。早上有五个房间需要扫除。

共六间客房的情人酒店，建在能俯瞰湿地的高岗上，位于从国道进山大概一公里的地方。听说白天的客人比市区的酒店多，有的客人早上就来。不赶紧去打扫的话，琉璃子会不高兴。和歌子麻利地拿起装有清扫工具的篮子，话都没说就跑出了工具间。御子也夹着分好的房间用品追在后面。

所有房间打扫完毕后，还要用吸尘器打扫公用走廊，把洗干净的床单和浴巾晾晒完。此时已经过了十一点。午休前必须把昨天晾干的床单熨平，并准备好成套的房间用品。忙来忙去的过程中，有一两个房间来了客人。刚刚打扫过的房间传来放下卷帘门的声音。

午休时，御子从尼龙包里的三个饭团中拿出两个，剩下的一个当晚饭。和歌子从带来的保温杯里倒了杯茶递给御子。她道着谢接过来，又将塑料袋里简单腌制过的卷心菜递过去。和歌子开心地夹着往嘴里送。

"御子，来一下！"

琉璃子喊道。御子把饭团放回包装里，走进办公室。琉璃子穿着绿白黑三色大理石花纹的锦纶长袖T恤，还有裤裙般肥大的裤子。琉璃子要是穿够了，这条裤子大概会到和歌子的手里吧。她垂到肩际的头发也许是自己染的，颜色斑斑驳驳。

"这个。"琉璃子熄掉烟，递给御子一个牛皮纸信封。

"山田次郎是你的亲戚，还是什么人？"

御子告诉她是在札幌的二儿子。结果琉璃子放声大笑。

"这个年代了，还老大一郎老二次郎这样取名，太厉害了。是谁起的？我记得最小的孩子不是个女孩吗？不会叫花子吧？"

"我男人给起的名字。老幺不叫花子，他说'子'已经不需要了，所以起名叫'花'。"

笑声戛然而止。琉璃子什么都没再说，重新叼起一根烟。御子轻轻点头致谢后回到工具间。手中的牛皮纸信封正面，在工作地址和"皇家酒店"的字样旁边，一笔一画粗粗地写着"山田御子女士"。背面只写了"山田次郎"四个字，没写地址。御子进了工具间，刚要想一想只写寄信人姓名是什么意思，思绪就被和歌子的声音打断了。

"是信吗？谁来的？"

"二儿子。好像过得挺好的。"

"没打开怎么知道好不好，快打开啊。"

御子被和歌子催促着，仔细地撕开信封。掉出来的信纸里包着三张一万日元的钞票。不知想到什么，和歌子哭了。御子把包着万元纸币的信纸在腿上好好铺平，一个字一个字地，如同寻找儿子的体温一般读了起来。

> 换了家公司，工资稍稍好了些。以前的师傅很悠闲，外面的人都说现在的师傅能干，活儿一个接一个。钱不多，妈妈你买点自己喜欢的东西吧。次郎

和歌子说想看一看信，把信纸要了过去，结果看哭了，也顾不上吃便当。不知不觉间成了御子在鼓励她。多好的儿子啊，和歌子吸着鼻涕说。

"是啊。"

"什么'是啊'，这可是你自己的儿子啊。这种孩子现在没有啦，老大不都好几年没有音讯了吗？给瓦工当学徒，还自食其力读完高中夜校的，就是这孩子吧。收到这样的信，你不高兴吗？"

"高兴啊，当然高兴。我们家的孩子都是好孩子。"御子的说话声没有抑扬顿挫，和歌子看着她的眼睛，沉默不语。御子也不知道该如何把那无法付诸言语的心情传达给和歌子。她的感情原本就像不可思议的沼泽深处一样。无论是父母去世时，还是打掉孩子时，她都不记得自己哭过。何况哭也好笑也好，每天还是要干活。每一天只能默默地工作，将时间变成金钱，再用这钱勉强维持生活。勉强这个词是跟别人学的。没有人教过她怎么哭，但是遇到的每一个人都无意中说过，御子生活得真是贫寒。

"活着的时候不要怨恨任何人。"

母亲临死前留下了这句话，但御子并不明白，不明白要以怎样的理由怨恨谁。在港口、在农园、在去做保姆的人家，无论去哪儿，别人都对能干的御子十分和气。

一个小时的午休结束后，和歌子给眼角补了妆，又匆忙拿起清扫工具奔向客房。御子也抱着房间用品追在忽然沉默下来的同事身后，在走廊里跑起来。

这天直到晚上十一点，清扫工作才终于告一段落。

"御子，你今天十一点下班吧？"

琉璃子刚在办公室和女儿雅代吵了一架，用余怒未消的语气朝工具间的方向询问。御子看了一眼墙上的表，十一点十分。再收拾二十分钟的话，就能加二百五十日元的工钱。若是和歌子，这时会说点什么吧。但御子只是停下叠浴巾的手回答："知道了。"琉璃子心情不好，也许是因为老板有段时间没回家了。

"晚安，明天还请继续关照。"

出了便门，从湿地吹上来的冷风压弯了御子的腰。

她一天会想起好几次母亲的教诲。

"听好了，御子，孩子他爸要是摆弄裤裆的话，你什么也别说，把腿分开就行。因为夫妻俩只要有这个，就什么事都能过得去。"

御子和正太郎的日子能过得和睦，也是因为一直恪守母亲的教导。

酒店的灯熄灭了，御子打开手里的手电筒。没有路灯也没有月光的夜晚，小路漆黑一片，伸手不见五指。前方几米外刚刚有两道红光横穿过路面，是狐狸吧。要是有点雪的话，晚上会稍微亮一些，但这一带要等过完年才会有明显的积雪。

她蓦地想，春天用次郎寄来的钱买辆自行车吧。往返于皇家酒店和自己家，虽然上上下下都是坡路，但骑自行车下坡自然轻松，有车灯的话，上坡时也可以照亮脚下。对，买辆带车灯的自行车。这样几公里外的大超市也能去了。衣服、食品、家电、家具……御子一直想亲眼看看堆满商品的明亮的超市。

"妈妈你买点自己喜欢的东西吧。"

她在黑暗中描绘着次郎的脸。记忆里只有他上中学时那张圆乎乎的稚气面庞。别人都说次郎小时候长得最像御子。

御子以没有外出的衣服为由，一次都没有参加过儿女们的入学典礼和毕业典礼，即便如此，也没听孩子们抱怨过什么。

"我们家的孩子果然都是好孩子。"

她朝着黑暗喃喃自语。

回到家，正太郎刚好正在查看洗澡水的水温。

"回来了啊。累了吧,快洗澡吧。"

光秃秃的灯泡下面,正太郎穿着绒裤和T恤,他拿着热水桶慰劳御子的声音总是很温柔。他黑黝黝的脸上,一双大眼睛炯炯有神,声音因为长年接触海水而沙哑,嘴里的虎牙掉了,稍稍有些滑稽。

御子本想说次郎寄钱来的事,但想起信的内容,还是没说。钱有富余,还不如没有,而且要为春天买自行车攒着。她不是不相信正太郎,但如果这三万日元用在每天的伙食费和生活费上,她总感觉对不起儿子。

"我给你擦背,快洗澡吧。"

御子照他说的脱了衣服,在这称为茅舍也许更合适的房子一隅,将身体浸入澡盆里。

打扫皇家酒店那金色或银色、模仿丝柏和岩石建造的浴缸时,有时会剩下满缸干净的还热着的洗澡水。但从她来工作起,琉璃子就坚决地说过,即便是这样,也绝对不许动进去洗个澡的念头。

"酒店里的人要是自己用客房的话就完蛋了。你们这些打工的人打扫的,终归是要出售的商品。虽然支付着昂贵的水费,债也多得一塌糊涂,但不管什么时候,也不管你觉得多浪费,客房的东西都一概不许据为己有。"

回到工具间后,她问和歌子"JU WEI JI YOU"是什么意思?

"就是说像自己的东西一样用。"和歌子压低声音回答。

"孩子他爸,一直以来谢谢你了。"

正太郎自己也脱光了衣服,正为浸在澡盆里的妻子捏肩膀,听到这句话,不好意思起来。"忽然说这个干什么。"他捏肩膀的手掌随即滑进水里,抚摸着御子绵软而贫瘠的乳房。她的乳房近乎扁平,年轻时就没戴过胸罩,然而让孩子喝的奶水却多到溢出来,真是不可思议。

在发滑的木条架子上清洗身体时,正太郎侧过身进了澡盆。他瘦削的大腿根跨过澡盆边缘,在那儿,阴茎一如既往地屹立着。

"孩子他爸。"

"干什么?"

那声音听起来太悠然,让御子说到一半的话唰地从脑海中消失了。想说什么来着?丈夫给她冲洗后背时,她又想了一会儿,但再一次浸到澡盆里,想到那不过是会忘的事,便不再惦记了。

没穿内衣钻进冰冷的被窝,正太郎温暖的身体马上覆盖在了她身上。差几分就到凌晨一点了。她一如既往地分开双腿，正太郎用唾液润湿的前端进入了身体。有些痛，不过没什么大不了的，忍忍很快就会结束。御子相信丈夫能对自己如此温柔，也是因为有这种时间存在。

孩子们全部从这里出生或死去。那绵延到体内的黑暗小路明明只有一条，真是令人匪夷所思。

黑漆漆的房子里吹进了秋风，风声像动物的叫声一般从脚下和房顶掠过。该糊一糊四下的缝隙了。

御子想，在洗澡间说了一半忘记的，一定是给房子糊缝的事。

丈夫的喘息声愈来愈大，那势头似乎要把缝隙间吹进来的风赶回去。表盘上回旋的夜光表针过了一点。正太郎咆哮着在御子身上不停摇晃。

用澡盆里剩的热水清洗过身体后，被窝里的正太郎已经打起了鼾。御子披上母亲留下来的宽袖棉袍，偎依着丈夫，像虾一样蜷缩着躺下。

红叶渐渐失去了光泽，冬雪初次飘落在了这块湿地上。一天清晨，和歌子在坡路下面大声喊着御子。御子戴着毛线围巾，连头都蒙上了,所以迟些才发觉。和歌子沿着被雪打湿的砂石路,吐着白气追了上来。

"御、御子你等等!等一下!"

御子转过身,面朝坡路下方等着和歌子。她环视四周,凌晨降下的初雪留在树枝上,有些刺眼。正太郎今天也该糊完缝了吧。

和歌子追上御子,从装着便当的包里拿出折了两折的报纸。

"这个,这里,你看一下!山田次郎不是你们家二儿子吗?"

和歌子指着的报道,恰好是叠起的报纸那么大。彩色的面部特写下似乎写着名字,但字太小,根本看不清。照片上的脸似乎有印象,但与御子记忆中的次郎相比又有些似是而非。和歌子发觉御子是老花眼,于是指向大标题。这次好不容易看清了。

《石狩海岸弃尸案已确定嫌疑人身份》。

题目中一大半汉字,御子都不认识,只看到"尸体"两个字,以为是次郎被杀了,喉咙中像堵了块石头般说不出话来。

"次郎……次郎死了吗?"她终于发出了声音。

和歌子口中不断吐出一大团一大团白气,转瞬便消散了。

"不是。御子,这个人啊,说生于钏路镇,二十二岁,名叫山田次郎。最近在札幌附近的石狩海岸边发现了一具装在行李箱里的尸体，报纸上说这个人可能就是凶手，说是黑社会帮派间的争斗。"

"凶手？那就是说我们次郎杀人了？我们家孩子没有加入暴力团伙呀，竟然说次郎是黑社会，哪儿搞错了吧！"

和歌子紧闭着嘴唇点点头。

"我男人说，嫌疑人的意思也就是还不能确定。"

"和歌，你男人是在警察局工作吧？能不能想想办法？"

"不是不是。我家那位是清洁公司的职员，他们公司承包了警察局的清扫工作而已。"

不知道该想点什么，该思考点什么，御子飞快地走在通往工作地点的路上。现在最重要的问题仅仅是快些走，不要迟到。和歌子也忽远忽近地跟着，在御子踉跄时伸过手来，但被御子无意识地拂开了。之后和歌子便不再言语。

两个人从便门进了楼。办公室的电视开着，电视机前并排站着穿情侣运动衣的老板和琉璃子，好像正在看新闻。说完早上好后，御子被琉璃子叫住了。

"喂，御子，你家二儿子上电视了啊。他不是瓦工吗？报纸上说他中学毕业后就无恶不作。你什么都不知道吗？"

老板站在电视前没动地方，只是回过头来冲着琉璃子说：

"别说啦！要是知道什么，能和平时一样来上班吗？警察也什么都不知道，你责怪御子做什么。"

御子知道琉璃子根本没责怪自己。就算嘴里冒出来的话很粗鲁，但这女人是个好人。正因为琉璃子总是有什么说什么，年轻的计时工才干不了多久就辞职。和歌子很能煽风点火，御子则默默干活，因此这么长时间都很和谐。

九点的头条新闻开始播放石狩海岸的行李箱杀人案。大家都站在那里不动，老板没关电视，琉璃子也没说话。

电视中，一名男子戴着手铐，头上蒙着类似深蓝色雨衣的东西，被带进札幌警察北署。画面很快切换成男人的面部特写。

"嫌疑人山田已对犯罪事实供认不讳。审讯将于今天九点半开始，事件的全貌此后将水落石出。"

接下来的新闻是道东的初雪。和歌子在御子身后用力叹了口气。御子摘掉围在头上和脖子上的围巾，将黄莺色的大衣脱下来团成一团。她把装有三个饭团的尼龙包放在大衣上，在白板前查看要扫除的客房。今早需要扫除三间。

根据扫除的客房数目，工作流程会有区别。今天大概会一个房间一个房间悉心地擦拭。御子拿着打扫浴室的工具，以及水桶、洗涤剂和旧毛巾来到走廊。和歌子来打扫房间时，御子已经打扫完浴室，开始往水桶里装水了。

整整一天里，和歌子一句多余的话都没说，直到要下班时才终于开口。从工具间的窗子能看到停在便门前的车。自从天黑得早了开始，和歌子就有朋友来接了。

和歌子住在下坡后往左转的那栋房子里。她说朋友看到她走在连路灯都没有的夜路上，便在打工结束后顺路来接她。

"早晨我有点吓到了，但御子你什么错都没有。今天对不起。明天继续一起边笑边干活吧。"

"谢谢。"

和歌子的眼睛里又涌出了眼泪。

像这样，周围的人对自己越来越温和，御子已经经历过好几次这种事了。

老幺上初三时肚子大了，对方父母递来装着钱的信封时是这样；大儿子被怀疑盗窃，无法再去学校，后来弄清楚是教师挪用公款，校长来家里道歉时也是这样。此后，周围的人对御子更加温和了。

谣言总是让御子周围的人更加温和。因为无论发生什么，她都默默地工作。

"听好了,御子,无论发生什么都要干活。对拼命干活的人,谁都说不出什么。不想听就捂上耳朵。干活就能睡好,到了早晨,大家都会忘记这些事的。"

和母亲说过的话一模一样呀。

御子在休息时间吃着剩下的另一个饭团,一句一句领悟着母亲留下的话。

和歌子回去后,还要再一次打扫六个房间。御子继续拼命劳动,也不休息,为早晨的清扫整理好工具后,又把没人让干的缝缝补补做完了,还缝了抹布。一直工作到十一点半。

要下班时,御子用围巾裹上头,穿上别人给的大衣。琉璃子分给她一个柿子。她也像和歌子那样,站在工具间门口欲言又止。

"我们这儿不会因为这种事就让人辞职的,放心。你明天也会准时来吧?"

御子轻轻点了点头,琉璃子板着的面孔变成了羞涩的笑脸。简短地道谢后,御子一如既往地道了"晚安",走了出来。

白色的哈气刚照亮周围,便被黑暗吸进去了。劳动手套已经无法抵御外面的寒冷。灯光照不到半山坡,御子取出口袋里的手电筒，打开开关。本应照亮脚下的圆形灯光却忽闪着，忽大忽小。御子觉得奇怪，又重开了一遍，结果怎么按都不亮了。

御子回头看了看走过的路。这里能看到远处建筑物的灯光，还有坡下电线杆上的小路灯。她小心着脚下，下了坡。

她蓦地想，倘若从那路灯下拐进大山里会怎么样呢？这么想还是第一次。她总是沿着没有灯光的坡路上上下下，这是条伸手不见五指、连错车都困难的狭窄山路。她想被什么都看不见、什么都听不见的地方吸进去。

她依然怀疑电视里的男人是否真的是次郎。藏在神龛后面的三万日元不是他认真干活挣来的吗？假如真是次郎的话，他又是什么时候长成现在这样的呢？

御子一边小心着不要在砂石上滑倒，一边下了坡。她向右转过弯，刚要爬上没有灯光的坡路，却蓦地抬头望向天空。树叶都掉了，天空更加辽阔。这是个没有月亮的夜晚。星星在寒冷空气的另一端遥远地闪烁。虽然看细小的东西不行了，但不可思议的是，星星的闪烁却清晰地跃入她的眼底。

上了这个坡再下坡，便到了她出生和长大的家。那里有等待着她的正太郎，还有今早看的报纸以及电视新闻。然而看着星星，这一切的一切仿佛都变得十分遥远。

想在哪儿好好休息一下。

她第一次想一个人待着,也是第一次思考这件事。如同被星光下的树梢诱惑了一般,御子举步踏进林中。但她先是撞到树干,接着又被树桩磕到小腿。闻着准备过冬的树林的味道,有暖暖的东西从眼睛里扑簌簌滑落。御子抚摸着被树桩磕到的小腿坐到地上,用酸臭的劳动手套擦拭着眼泪。树梢交织成网的天空中,星星在闪耀。

御子决定就这样坐到天亮,饿了就吃琉璃子给的柿子好了。她一动不动坐着,感觉自己似乎代替被伐倒的大树成了树干。屁股下面传来树桩苟延残喘的余温。御子静静地看着天空,最亮的星星在枝杈间若隐若现地向西方移动。

过了一段时间,手脚都麻了,但之后再也感觉不到严寒。只是就算想吃柿子,手指也不听使唤了。

那颗大大的星星消失在皇家酒店的方向时,山路上有盏小灯经过。御子以为进到了树林深处,其实最多不过十米。踏着砂石而来的声音呼喊着御子——是正太郎。

孩子他爸——声音到了嗓子眼,却又咕咚咽了回去。

究竟又过了多长时间,被睡意呼唤的意识无从分辨。路上经过的人非常少,汽车快速驶过后,静谧的黑暗又一次到访。

御子开始迷迷糊糊。这时，她看到一盏小灯再次靠近。

她隐隐约约听到了自己的名字。是正太郎在喊她。本应消失在西方的星星又开始在天顶闪烁，御子向着星星喊道："孩子他爸——"

手电筒的灯光开始在林中游弋，不久，灯光捕捉到了御子。御子因为刺目闭上了眼睛。正太郎踩着枯木和落叶，在树桩间跌跌撞撞走到近前。被叫了好多次的御子，却连站都站不起来。

丈六背着她出了树林，宽阔的后背一点点地分给她温暖。正太郎开始爬坡，上到坡顶时却忽然站住了。

"御子，你刚才在那种地方干什么呢？"他问得很平静。

"……星星。"

"星星怎么了？"

"在看星星……"

正太郎"哦"了一声，继续迈开步子，护着受过伤的右腿缓缓地、缓缓地下了坡。他每一次摇晃都让御子沉入睡眠中。缓缓地下着坡，努力不让自己摔倒的正太郎，也比昨天更温柔了一些。

第七章 礼物

八月的湿地,宛若巨蛇穿行在绿色的绒毯上。

河流扭动着黑黢黢的身体。葱茏繁茂的芦苇穗子在阳光下闪闪发亮。湿地蒸发出的水分让远处阿寒的群山笼罩在云雾之间。一百八十度的视野内全部是湿地。其间,不小心滑倒就会要了性命的洞穴比比皆是。

田中大吉在陡峭的高岗边缘停下了脚步。如此壮美的景色里哪会有要人命的洞穴呢?他实在很怀疑。

大吉回过头,朝跟在后面五六步的琉璃子招了招手。

"琉璃子,这景色很棒吧!要是在这儿建个情人酒店,你不觉得大家都会排着队来吗?我啊,想有朝一日成为大公司的老板,让你享享福。怎么样,来看看我一眼就相中的风景!"

琉璃子在离大吉还有一步的地方站住了。一看到她那不安的表情，不管身在何处，大吉都想蹭蹭她的脸、紧紧抱住她。四十二岁的他想都没想过会迷恋上年龄只有自己一半的女人。

大吉家中有和他同龄的老婆，还有个上小学六年级的儿子。他的店虽然挂着招贴广告制作店的招牌，但员工只有他自己和管账的老婆，不过是让人心里没底的小本生意。大吉中学毕业后就去拜师学艺，三十岁时，师傅让他开了间分店自立门户。然而时过境迁，现在已经不需要在电影院门口画上大幅的经典镜头了，浴池也不再年年更换壁画。何况小镇上的浴池越来越少，根本不顶事。

琉璃子穿着领口松垮的T恤和牛仔裙，没有看风景，而是看着大吉的脸。她是在糯米团子店卖团子的，今年春天，大吉为一家刚开业的什锦火锅店画外墙上的菜单时，她一直从糯米团子店的窗口看着他。大吉注意到了这久久注视自己的视线，于是去买了串糯米团子。结果，原本一天就能结束的工作，他去了三天，反复修补着画作，终于跟琉璃子说上了话。

"招贴店来糯米团子店偷懒了！"

琉璃子喜欢大吉的玩笑，笑得很开心。

听说她中学毕业后就住进了糯米团子店，开始干活。这姑娘笑着聊自己的身世，说她有一对分分合合、次数多到连重新去登记都嫌麻烦的父母。

"要是能抱抱琉璃子,该多幸福啊!"

"可以啊,你抱吧。"

那是认识一周后的事。糯米团子店的二楼有间四叠半大的阁楼,琉璃子独自住在那里。有工作外出的日子,大吉会尽量顺路去趟糯米团子店,送点什么吃的过去,然后抱抱她。听说她每天都吃卖剩的糯米团子,他实在无法置之不理。

今天是周一,她休息的日子,就带她过来了。大吉经营情人酒店的梦想遭到老婆反对,却可以把想说的话对琉璃子一吐为快。建筑公司和租赁公司合作,在郊外四处修建情人酒店。面对业界寒冬,要改变公司命运的办法就是建设情人酒店。

两个公司一唱一和,接连诱惑着城里的投机者。

"资金一分不要,贷一笔款子,从此做个顶天立地的男人吧。你一定可以的!"

明知道天上不会白白掉馅饼,要是失败就会倾家荡产,但不知为何,大吉却想在这桩生意上赌一把。

"我啊,觉得做生意必须有梦想。这世上的男人和女人,大家想做的事都一样。要是这门生意能为大家提供个有梦的地方,那我似乎也能做点什么梦了。"

他这么说着，心里却在告诉自己"失败的可能性还是有的"。琉璃子总是默默听着他自言自语。这些话，他在老婆面前实在说不出口。实际上，降临在好人大吉身上的赚钱买卖中有不少陷阱，一看这计划就明白究竟是谁获利，谁吃亏。

大吉对未知的生意野心勃勃，眼里只能看到这桩买卖中赚钱的部分，无视老婆的反对，沉浸在可能实现的"梦想"里。他不做的话，会有别人做，大吉受不了自己不如那个人。

"想让老婆孩子流落街头的话，你想干什么就干什么吧！"

"啰唆！不管我想干什么，你就会碍事！"

老婆随随便便说出的话，让大吉动了好几次手。不过最后还是依了她，大吉一次次都放弃了。

"啊，真想做个男人啊。"

大吉环顾四周，将一百八十度的全景收入视野，喃喃说道。

"孩子他爸，你现在也是个顶天立地的男人啊。"

"这么说的，只有琉璃子你啊。"

被琉璃子称作孩子他爸，感觉不坏，仿佛是在庇护一只无依无靠的小动物。想让这姑娘吃好多好吃的东西，大吉在这个目标面前精神抖擞。家中一切安稳，同时还想让年轻的女人一样过上好日子，被人叫作老板，舒舒服服地过每一天。

只要不失败就好。

大吉的思绪在这块湿地前不断膨胀，畅快的心情在不断旋转。他相信只要不自暴自弃，坚持下去，就一定能梦想成真。

自信难道还需要什么根据吗？

有时候，大吉会想是不是老婆和孩子拖了自己的后腿，但心情很快又振奋起来。

要收获成功，让瞧不起自己的女人瞠目结舌，让她的娘家大跌眼镜。这个野心是大还是小，说实话连当事人大吉都没弄清楚。如同来戳大吉的软肋一般，每当有赚钱的生意找上门来，老丈人都会来劝他。

"大吉君，你想自己干一番事业不要紧，只是这样家人就太辛苦了，我不能眼瞅着女儿吃苦。我调查了很多，觉得这很难说是什么好买卖。"

岳父到现在依然为女儿回绝了同公务员相亲，选择了他这个初中毕业的做招贴广告的匠人不满。为什么？大吉想，不是她说非我不嫁，我才要了她吗？本来就是她先倒追我的。每次在心里恶骂，他都会想起老婆瞅着自己的憎恶的眼神。她哪怕有琉璃子一半乖巧也好啊。大吉想着，轻轻叹了口气。

向下望去，湿地吸收了盛夏的光芒，连芦苇的叶梢都绿得闪闪发亮。按青山建筑的社长所说,现在当机立断的话,冰雪消融时酒店就能开业了。

"田中先生,我觉得这正是该当机立断的时机。建成后,我们每天也会派财务人员去帮助你。我们在市内已经建成好几家了,很有经验,也不会瞒你什么。咱们牢牢地手挽手、肩并肩去赚它一笔。北斗租赁对此也很感兴趣,大家都看好你呢。让瞧不起这买卖的银行大吃一惊吧!"

真想永远眺望着这湿地的风景啊。大吉蹲在草地上,凝视着云遮雾绕的阿寒群山。琉璃子也蹲在旁边,大吉轻轻抚摸着她圆圆的屁股。周围是原野,向下望去是一片湿地,此外一无所有。看着这样的风景,不管开心也好寂寞也好,都想埋没在女人的身体里。

要是建情人酒店,只有这里合适吧。备选的地址本来有两处,一处是地势平坦的河岸边,一处就是这高岗。大吉感觉俯瞰这壮美景色之处,才是埋葬自己的地方。

"孩子他爸。"琉璃子温柔地握住伸向自己大腿的手,说道,"我有了。"

她在说什么?大吉思考了几秒才反应过来。"有了?"

琉璃子的眉毛乱糟糟的,感觉没化妆,嘴唇上也只是涂了带颜色的唇膏。夏日的太阳下，大吉抚摸着年轻女人的大腿，被那骄傲的笑脸感染得也笑了。

"是吗？有了啊，我也很能干啊！中大奖了！"

嗯，琉璃子笑了。

"因为孩子爸是大吉啊。中大奖了。"

让琉璃子一说，大吉再次感觉自己是个幸运的男人。在新天地眺望着雄壮的景色，觉得这句话像是个好兆头。

"这样的话，得努力让你有栋房子。好，下决心在合同上盖章吧。"

不知是用了决心这样的词太难为情，还是因为在悬崖峭壁上而兴奋，大吉的欲望向前、向前挺立起来。他拉开工作服裤子上的拉链，那个箭头挺向天空。他感觉自己抵达了非比寻常的高处，愈加昂扬。

琉璃子的裙子被卷到腰，白皙的大腿暴露在太阳下，褪到膝盖的内裤白得耀眼。大吉的腰压住了趴跪在地上的琉璃子。两个人身体的热度让夏草暖融融的味道从四周升起。欲望顷刻抵达了巅峰，大吉的眼睑内侧染上了一片雪白。

青山建筑的会客室里，大吉在接连不断递过来的票据簿上写下名字,然后盖上正式印章。租赁公司的男人满头大汗地一页一页确认。倘若这份票据拖延两次的话,"田中观光有限公司"事实上就会破产。

大吉在心里小声说着"爸爸"。破产、爸爸①。他脑海中浮现出琉璃子的宝宝,却想象不出借钱开办的公司会有垮掉的那一天。他想象着每天都有现金入账的生意、从酒店中看到的景色、心情比以前好的老婆,还有抱着孩子的琉璃子,脸上自然而然堆满了笑。兴隆的生意和自己的幸福,全都在这条白手起家走下去的路的前方。无论是谁,都要让他们幸福。自己也要笑到最后。

土地、建筑和利息,借款总额加起来有一亿日元。大吉从没见过也从没支配过这么大一笔钱。招贴店的赊账最多不过十万至十五万,也有还不上的时候。年关将近时,就算十万日元也至关重要,总是捏一把汗,不知靠这点钱能否度过年关。和那样的日子永别了。他昨天还被人叫作招贴店师傅,从今天起就是注册资本三百万日元的公司社长。虽然不知道这个世界上有什么,但会不会变得不一样,仅仅在于是否下定决心迈出

---

①日语中,"破产"和"爸爸"谐音。

一步吧。

早晨下着小雨，不过中午放晴了。"下雨了啊。"青山建筑的社长说。有句话叫不经风雨不见彩虹，他说这雨很吉利。阳光从会客室的窗户照进来。大吉看着建材堆放处的水洼里映出的白云，想起琉璃子的白色内裤。

记今天也呆呆看着窗外卖糯米团子的女人，过上见都没见过的奢侈生活吧。"男人的血性"这个词浮现在他的脑海里。

"有什么有意思的事吗？"

青山建筑的社长看着大吉落下视线的地方。大吉问为什么这么说。

"哎呀，因为田中社长你笑了啊。"

"我笑了吗？"

"哎，笑得似乎很开心。我觉得游刃有余是件好事呀。到底是势头蒸蒸日上的人，我看着也觉得神清气爽。"

然而傍晚，修补完了招贴广告回到家，大吉脸上的笑容消失了。

把车停进堆满涂料桶的车库后，大吉吹着口哨去扭玄关的门把手。门锁着。看了眼手表，时间是晚上六点，正是吃晚饭的时候，离锁门还早吧。大吉从被涂料和手上的污垢弄脏的钥匙盒里抓起玄关的钥匙。

"喂，我回来了！"

明年春天就和这破房子永别了！他本打算向家人这样汇报，但在饭厅、卧室和孩子的房间走了一圈，发现没有一个人在。厨房也收拾得干干净净。

饭厅的餐桌上放着一袋即食咖喱。为什么放这种东西？大吉拿起咖喱，下面有张纸条。

"饭做好了。"

纸条下面是离婚申请。妻子想表明的意愿如打开套匣般接二连三出现在眼前，让他错失了发怒的时机。

"留下这种东西算什么啊？"

空荡荡的饭厅里，回荡着大吉一个人的声音。打开荧光灯，家里看起来格外苍白。拉上窗帘仔细一看，孩子的房间里，书包、书架上的东西和台灯都消失了。卧室里，老婆的衣服也不见了，似乎不仅仅是回趟娘家"惩治"一下他。

离婚申请摆到眼前，已经不是头一次了。第一次是因为他在老婆怀儿子的时候偷了点腥。从那以后，"田中招贴"连客服和工作人员都不要了，因为老婆生完孩子马上说："不就是事务工作嘛，自己干也行。"

说起来，这段时间夫妻俩都没吵过架。连架都不吵的关系，也不知道拿什么来修复。大吉闭上眼睛，想冷静地思考一下眼前的状况。

不管怎么说，明年春天以前不继续经营这家店的话，就吃不上饭。大吉猛地睁开眼睛，看了看四周，叹了口气。

他热了热即食咖喱，浇在因保温太久有些发黄的米饭上。不觉得多好吃，但肚子暂且填满了。这段时间他总是找机会跑去琉璃子那儿，今晚却没有那个心思。开着却没看的电视里播着歌曲节目。无所顾忌地去年轻女人那儿多好。他试着想了想，但平时应该跑出来一半的欲望却颓废地打着蔫，他只好自暴自弃地在烧酒里加了冰。

餐具全收拾进了碗架，今晚用过的咖喱盘和勺子放进了水槽。陈旧的不锈钢擦得光亮洁净，几乎让人厌恶。大吉想起常用去污粉和柠檬擦拭厨房的老婆的背影，将杯里的烧酒一口气喝了一半。你真打算离婚吗？他询问着记忆中的背影。

这不是才开始吗？

大吉的脑海里再次浮现出老婆孩子笑着享受奢华生活的情景，还有抱着孩子的琉璃子。他想让自己明白这些都是虚无缥缈的梦幻，但终究无法放弃。他站在厨房里喝了第二杯烧酒。

这才开始啊!

醉意袭上大吉的心头。

刚发完誓说不会善罢甘休,强烈的睡意便袭来了。大吉从卧室拽出一条毛毯,把坐垫对折后躺下。电视里的声音越来越远,越来越朦胧,腰际僵硬的欲望此刻却直挺挺的。热乎乎的箭头再次指向大吉要去的地方——向上、向上!

一下子喝了那么多酒,本该萎靡不振的。从运动服上面摸了一下,那里紧绷得几乎让人遗憾。再摸下去的话,似乎过去、现在和未来所有的梦想和明朗的憧憬,都会拧成一束从自己的身体里飞出去。大吉决定乖乖睡觉。

拂晓时分,大吉在冰冷的饭厅里睁开眼睛。酒醒了,昨天还在这里的家人却不在了。酒让人看到的愿望、内疚和虚张声势也一起消失了。电视开始播放早间节目,似乎是佛像的巡游之旅,画面里出现了色泽暗淡而古老的释迦如来像的特写镜头。大吉坐起身,盘着腿,不知何时已面朝屏幕双手合十。

念佛也没用啊。

大吉猛地起身,换上牛仔裤和 T 恤。

"对不起,我来接他们了。"

大吉在玄关前低下头。岳父那貌似温厚的眼角也垂了下来。自打为岳父的母亲办完十三周年忌后，大吉再也没和他见过面，差不多已时隔半年了。老婆频繁地回位于公交车终点站的娘家，但心中有愧的大吉却找出各种理由不想同行。

"好久不见，你还好吗？"

岳父的表情越来越柔和，但他依旧站在玄关的水泥地上，似乎不打算让大吉进家门。大吉的手心渗出汗来。这是个凉爽的早晨，这种气温下本来不会出汗。腋下和后背上的汗，风一吹都干掉了，凉飕飕的。

"实在是对不起。能不能让我见见他们？"

"大吉君，你盖完章了吧。那就可以了。"

"我没打算盖章。"

大吉以为岳父说的是离婚申请书，那东西已经团成一团扔进垃圾桶了。他不打算离婚。肩上担着生意，一手是家人，一手是琉璃子和孩子，他已经决定背负着这一切走下去。

"哎呀，我说的是你合同签了，票据也已经开了吧。我家姑娘说，难以胜任情人酒店的经营工作。对不起啊，直到昨天还辛苦你帮我照顾这样的女儿。谢谢你，所以请回吧。"

岳父深深地鞠了一躬。

大吉今年第二次跪在了地上。第一次是青山建筑的社长借给他一半资金的时候，说是有钱时再还，不会催着要。那时，他也认为自己是通过下跪成为了男人的。男人在紧要关头该低头就要低头。必须下跪。银幕上的鹤田浩二和高仓健不都是通过下跪成了男人吗？

他要在这儿赌上一把。从玄关到院门的几米地方，是岳父出于喜好用砖铺成的小径。听说土挖得很深，岳父还花了好几天让打地基的水泥干透，在严寒的冬季，路面也绝不会翘起或坍塌。岳父把家人放在首位，从没和老婆以外的女人有染，从砖块完美的排列中也能看出这种一本正经来。女儿迷上大吉这种男人，也是因为要反抗太一本正经的父亲。

大吉知道老婆对岳父不满。

"我没办法走上父亲铺好的路。"

她不是这样说过吗？她应该在哪儿看着跪在这里的自己吧。大吉端正地跪在冰冷的砖上，双手扶地。他觉得自己像一匹流浪的独狼，在用性命跟首领交涉。

"能不能原谅我这一次？我一定会让她幸福的。能让他们幸福的只有我啊。"

他把头贴在嵌入地下的砖上。

"大吉君。"

大慈大悲的声音从上方传来。大吉想起早晨在电视里看到的释迦如来像。他把头埋得更深，额头和鼻尖都贴在了砖上。一分钟、两分钟，也许更久的时间过去了。通常来说，这样也该适可而止了——大吉缓缓抬起头，朝上望去。

岳父笑着低头看着大吉。

"这些事都结束了吧。继续下去对彼此也没有好处。昨天，我姑娘也和你一样下跪了。她什么时候变成那么会演戏的女人了，我简直鄙夷得想哭，真是打心眼里愤怒。给票据盖完章，就顺便给离婚申请书也盖了，赶快交上去吧。让谁幸福这种不负责任的话，你是从哪儿学来的？等确实支撑起生活后再说这种话吧。幸福要用过去时来说才更宝贵，将来的事，只能默默用行动来证明。每次看到你，我都想吐。"

岳父趿拉着拖鞋，一脚踢上大吉的左肩。大吉跌坐在地。这个一腔怒火、打心眼里愤怒的男人，脸上却怎么看都是在笑。

玄关的拉门猛地关上，从里面传来上锁的声音。

会演戏的女人。岳父这句话在耳畔重复了好多次。老婆昨天或许也被踢了肩膀。即便如此，她也认为比回到大吉身边好。

大吉站起身，拍拍膝盖和肩头的尘土。拍掉手上的灰尘时，因为平日的习惯,砰砰地发出了声音。想起为何来这里,大吉蓦地抬起头,结果看到儿子正从二楼的窗子里看着他。

一起生活了十二年,但从儿子的眼睛里,大吉却看不出任何感情。还不如索性怒视自己,那样大吉心里会更好受。没等大吉叫他的名字,儿子就从窗边消失了。

看着岳父修剪的松树和树篱,还有蜿蜒小径上的砖块,大吉告诉自己,这种把周围的景色收拾齐整的男人不会冒险,也没有野心,毫无趣味可言。

为国道沿线一家餐厅喷涂好剥落的广告招贴后,大吉结束了这一天的工作,拿到了一万日元现金的报酬。但从餐厅开车返回市区要一个小时,油钱也不可小觑。

到达市区时,夕阳已经快沉入大海了。是再去老婆娘家一次,还是怎么办?被岳父踢中的左肩还在疼,也许瘀青了。先不管这个,再去低头认个错,总不会……

大吉摇了摇头。他一打方向盘,卡着车道的宽度顺势拐了一个大弯。后面的车开始按喇叭。

大吉把车停在了糯米团子店前面。

糯米团子店的橱窗里,灯光昏暗寒酸,今天也摆着似乎卖不掉的糯米团子。橱窗另一边是穿着白色罩衣、戴着三角头巾的琉璃子。她正坐在圆凳上翻看旧杂志，似乎没注意到大吉在店门前。

大吉注视着琉璃子。假如她上点心，朝店外送个秋波，犹豫着要不要进去的客人也会买串糯米团子吧。大吉为琉璃子的无欲无求潸然泪下。

琉璃子尽管有了身孕，却从没说过要他跟老婆离婚。她每天吃着卖剩的糯米团子，在连电话都没有的阁楼里等着大吉来。他想起前几天的谈话，琉璃子好像开始孕吐了，每次见她，她的面颊都更消瘦，脸色也变得更差。

"你没什么想要的东西吗？"

"没有。孩子他爸呢？"

"我什么都想要啊。生意、你、钱，一切都想要。脑子里装的全是想要的东西。"

"我只要有你这样的孩子爸就好。"

大吉折回车里，驱车来到车站前大街上的水果店。

"不好意思，有橘子吗？"

年迈的店主出现在店门前，指着店内说："客人，才八月初啊，橘子要过段时间才上市呢。"

"不甜也行啊。青橘就可以。"

"那种东西哪能摆在店里。青橘都还长在树上呢。"

店主说再过一个月的话,虽然会贵一点,但会有几种橘子上市。

"孕吐这种事等不了一个月啊。现在就想买。"

"那可麻烦了。"

店主眉间的皱纹深深皱起,几秒后出其不意地舒展开来。

"啊,丸三鹤屋的地下也许会有。这种时候还是商场最方便。"

店主说出了镇上唯一一家百货商场的名字,微微一笑。大吉匆匆道过谢,出了水果店。脑子里全是橘子,越来越多。孕吐的琉璃子和橘子满满当当地塞在其中,没有了老婆孩子待的地方。大吉焦急的心情愈加急迫,简直连他自己都要变成在坡路上翻滚的橘子了。

商场地下洋溢着副食的味道和女人们的香气,氛围与超市的副食卖场截然不同。百货商场的地下食品卖场里,大吉那被涂料弄脏的工作服十分引人侧目。他无视那些露骨地皱着眉装腔作势的女人,问排在副食店队尾的女人水果柜台在哪里。

"沿着这里直走,左边就是。"

大吉向眉梢眼角透着和善的女人道了谢,拨开过道上的人,拨开二楼窗子里俯视自己的儿子，拨开只想分手的女人，拨开对自己讨厌到想吐的岳父，奔跑起来。

"有橘子吗？"

"嗯，有。"

戴着黑框眼镜的店员微笑着回答。食品卖场里所有的声音都消失了，只能看到店员的手缓缓指向陈列架。

"昨天刚从产地送到的。"

冬天都按堆卖的三个橘子装在木盒里，被松软的缓冲材料守护着，放在比大吉的视线略高的位置。木盒前放着一个小小的价签。

"六、六千——"

等一下，弄错了吧。

"这是早熟的品种。今年最早的橘子，是很吉利的水果。"

琉璃子常说的"因为孩子爸爸是大吉啊"在耳畔萦绕。对，大吉。吉利的东西就是我的。

"劳驾，这个我要了。"

"好的。"

店员深深地鞠了一躬，毕恭毕敬地从架子上拿下装橘子的木盒。打开钱包时，卖场的喧嚣又回到了大吉的耳朵里。除了今天涂油漆挣的一万日元，钱包里还有四张一千日元的纸币。

"是要送人吗？"

大吉答了一声"是"，店员在便笺上写下了"礼物"。

"礼签您要怎么写？"

"祈祷平安分娩。"

"那可真是恭喜！"

橘子的价签被放到付款用的碟子里，朝向大吉。他把一万日元放进碟子，然后接过四千日元的找零。

一个个确认完没有破损后，橘子被收进了凹陷的缓冲材料里，店员合上木盒盖。盒子是桐木做的，上面用金色的字写着"皇家橘"。

店员用包装纸包好盒子，精心地用毛笔在礼签上写下"祈祷平安分娩"。

"对不起，能问一下您的名字吗？"

店员的眉梢仿佛感到抱歉似的低垂着。

"写大吉吧。"

大吉递过在副食店买的炒面、可乐饼和饭团后，若无其事地拿出了装着木盒的纸袋。

"孩子他爸,这是什么?"

在两端发黑的荧光灯下,大吉低头看着琉璃子。她原本胖乎乎的脸颊瘦下来了,脸色也不好,似乎不仅仅是灯光的缘故。大吉哼了一声,催她快点打开。琉璃子慢慢把盒子放到只有肩膀宽的饭桌上。

"祈祷平安分娩　大吉"。

啊,好吉利的名字。毛笔字一写,这名字更是格外光彩照人。被人讨厌到几乎想吐也好,自行卸下肩上的重担也好,已经怎样都无所谓了。琉璃子从盒子里取出一个橘子,放在手心闻着看着。

"干什么呢,光看看心情又不会变好。吃啊!"

"太浪费了,还是第一次看见装在盒子里的橘子。"

"橘子就是橘子嘛。"

"孩子他爸。"琉璃子的眼眸闪烁着,她把橘子爱惜地抱在怀里,说,"这个孩子,也许是女孩。"

"忽然说什么啊。"

"因为装在盒子里呀。装在盒子里宝贝的一定是女孩。"[1]

---

[1]日语中有"盒中女儿"一词,即掌上明珠之意。

"生男生女都好，快吃吧！"

从橘子上揭下来的金色标签，被琉璃子粘在了包装纸上。

"皇家"。

那是平淡无奇的明朝体。大吉从工作服的衣兜里取出圆珠笔，设计出几个五厘米见方的黑边空心字。

"皇家"。

灯光加铁板，字体要像被风撩动般富有动感。这是从未写过的朝气蓬勃的文字。招牌用蓝色做底，字就用红字黄边。三原色。没有比这更醒目的了吧。

"好，就这个吧。"

皇家的"家"字最后一笔迅速勾起，看起来有些感觉了。

"琉璃子，你要不要做情人酒店的老板娘？"

"老板娘？"

"就是说正式登记，做我老婆。肚子里的孩子真是女孩的话，那就捧在手心里好好疼她。"

"登记……是说我能和孩子他爸结婚吗？"

大吉晃着肩膀冲她笑。琉璃子的眼睛里第一次涌出大颗大颗的泪珠。

"什么啊，你这人。想结婚，从一开始就直说啊。"

大吉对着琉璃子不断涌出的眼泪，指着包装纸上的字说：

"'皇家酒店'，怎么样？听起来档次很高吧。不觉得比帝王和庄园之类的词都帅气吗？"

"皇家酒店？"

琉璃子吸着鼻涕，用T恤衫的肩头擦着眼泪。

"对，皇家酒店。从春天起，你就是那里的老板娘了。会很忙哟，哪里还顾得上卖糯米团子。赶快从那种地方辞了工作，来我这里吧！"

他搂住哭出声来的琉璃子。琉璃子的手绕在大吉的后背上，一个橘子从膝盖旁滚落。

红黄蓝三色的霓虹灯在闭着的双眼中光芒四射。

"皇家酒店"。

这几个大字闪烁着，在朦胧的泪眼中不断扩散开去。

图书在版编目(CIP)数据

皇家酒店/〔日〕樱木紫乃著;李洁译.-海口:
南海出版公司,2015.9
 ISBN 978-7-5442-7881-2

Ⅰ.①皇… Ⅱ.①樱…②李… Ⅲ.①长篇小说-日本-现代 Ⅳ.①I313.45

中国版本图书馆CIP数据核字(2015)第158622号

著作权合同登记号 图字:30-2015-053

HOTEL ROYAL by Shino Sakuragi
Copyright © 2013 by Shino Sakuragi
First published in Japan in 2013 by SHUEISHA Inc., Tokyo.
Simplified character Chinese translation rights in China arranged by
SHUEISHA Inc. through THE SAKAI AGENCY and BARDON-CHINESE MEDIA AGENCY.
ALL RIGHTS RESERVED.

皇家酒店

〔日〕樱木紫乃 著

李洁 译

出　　版	南海出版公司　(0898)66568511	
	海口市海秀中路51号星华大厦五楼　邮编 570206	
发　　行	新经典发行有限公司	
	电话(010)68423599　邮箱 editor@readinglife.com	
经　　销	新华书店	
责任编辑	翟明明	
特邀编辑	胡圣楠	
装帧设计	韩　笑	
内文制作	田晓波	
印　　刷	北京天宇万达印刷有限公司	
开　　本	850毫米×1092毫米　1/32	
印　　张	6	
字　　数	98千	
版　　次	2015年9月第1版	
印　　次	2015年9月第1次印刷	
书　　号	ISBN 978-7-5442-7881-2	
定　　价	36.00元	

版权所有,未经书面许可,不得转载、复制、翻印,违者必究。